KB271880

연대 시민 불안버스

연대 시민 불안버스

투쟁의 확장을 바라는 한 연대 시민의 정체성

박지호 지음

플레이아데스
Pleiades

차례

◆ 시작

1장 일상

2장 정치

일러두기

1 이 책의 제목과 본문에 나오는 '불안버스'는 '투쟁의 확장으로 향하는 희망버스가 되기를 바라지만 아직은 되지 못한, 앞으로는 되어야 할' 연대의 모습을 상징적으로 표현한 것입니다.

2 본문 2장 69쪽의 〈힘들면 쉬자고〉는 작가의 의도에 따라 마침표, 물음표, 쉼표 등 문장부호 없이 써내려 간 글입니다.

계엄과 탄핵을 넘어
견디는 시간이 필요한 시대에

연대 다니느라 탔던 버스를 희망버스라 부른다. 하지만 사회는 여전히 불안하다. 비정규직, 정리해고에 만연한 산재 사고, 청년 일자리 감소는 일하는 사람 모두를 힘들게 한다. '끝까지 웃으면서 투쟁'이라는 구호는 세상이 그만큼 힘들고 불안하기 때문에 나온다. 그래서 우리의 연대도 불안에 탑승한다. '불안버스'를 타자. 다만 가볍게 접근하고 싶었다. 지금은 맞는 얘기가 필요한 시대가 아니라 견디는 시간이 필요한 시대라고 생각한다.

글을 마무리할 무렵, 새해 벽두부터 미국이 베네수엘라를 침공하여 그 나라 대통령을 납치했다. 곧이어 국내에선 내란 범 윤석열에게 사형이 구형되었다. 다시 이란의 반정부 시위가 거세지자 미국이 군사적으로 개입할 기회를 엿본다. 제국주의와 극우, 전쟁, 광포한 힘의 논리 앞에 개인은 그저 무력한 존재로 보인다. 이러한 때에 세종호텔의 고진수는 고공에서 내려와 호텔 점거에 들어갔다. 끝까지 싸우겠다는 사람들과 이들에게는 철저히 무심한 세계정세와 정치, 그리고 시민사회.

하지만 우리는 살아낸다. 정치를 살고, 사랑을 싸우고, 일상을 지킨다. 일상과 정치와 사랑은 따로 있지 않다. 우리는 대단하지 않지만 정직하게 통하는 길목에서 전체다. 그 가운데 나는, 여기저기 아프고 늙어서 실패와 운명을 두려워하지만, 근근이 먹고사는 일을 하며 여유가 되면 글을 쓴다.

'짧은 글'을 시나 소설처럼 하나의 장르로 볼 수 있을까? 여기서는 일단 그렇다고 하자. 이 책은 연대 시민의 정체성을 가진 사람들의 사유思惟와 감성을 '짧은 글' 형식으로 엮었다. 짧은 글에 익숙한 젊은 세대의 소통법에 호응하고 싶었다. 시 같은 산문이다. 읽으면 바로 무슨 뜻인지 알 수 있고 읽기에 아름다웠으면, 글은 짧아도 여운은 길게 남아 우리가 한 걸음 더 내딛는 데 도움이 되었으면 한다.

　　개인적으로 이 글을 꼭 세상에 내고 싶었다. 이 짧은 글들 속에는 여태 꺼내지 못하고 묵혀두었던 아프고 시린 사연과 감정들이 고스란히 담겨 있다. 하지만 무엇을 읽는가는 오롯이 독자의 몫이다. 이 글을 선뜻 책으로 잡아준 출판사에 크게 고마운 마음을 전한다.

연대 시민 박지호

1장

우리는 살아낸다. 정치를 살고, 사랑을 싸우고, 일상을 지킨다. 일상과 정치와 사랑은 따로 있지 않다. 우리는 대단하지 않지만 정직하게 통하는 길목에서 전체다.

일
상

연대 시민 불안버스 °° 1장 일상

공감의 경로

　작가들은 공감과 유대를 위한 방법의 최선이 문학이라고 생각한다. 어쩌면 문학을 통해서만 자신의 감옥에서 벗어나 타자의 세계로 성큼 들어갈 수 있다고 믿는지도 모른다.

　사람들은 일상에서 진실을 얘기하지 않는다. 진실을 말하는 척하는 신문은 오히려 진정으로 알아야 할 것들로부터 우리를 멀어지게 만든다. 그래서 신문을 뒤적이는 인간들은 대체로 무심하다. 본인도 자신을 내보일 용기가 없고 남에 대해 진정으로 알고 싶지도 않은 사람들이 세상 소식을 달고 산다.

　세상을 위해 필요한 뭔가를 하려면 먼저 소식의 경로가 아니라 공감의 경로를 찾아야 한다. 그것이 가장 응축돼 있는 곳이 문학이다. 문학이 고통, 외로움, 분노의 표현이기 때문이다. 너도 그렇구나! 나도 그런데! 우리 계속 이렇게 살아야 할까? 같이 죽을까? 너는 그래도 사는구나! 나도 그래 볼까? 이것이 타인의 삶이 아니라 타자의 삶, 즉 비인간의 세계에까지 연결되려면 그만 책을 덮고 밖으로 나가야 한다. 땅을 내

딛는 것. 자연을 읽는 것. 위로받고 용기를 얻는 것. 나는 특별하지 않다. 나는 역사가 아니라 시간이다. 나는 저 별에서 보내온 빛과 같이 생명 없는 우주의 질서다. 잘 가고 있으니 아무것도 걱정할 필요가 없다.

청각장애

여러분, 저는 청각장애를 지니고 있어요, 정부 지원받아서 보청기를 했지만 그래도 잘 안 들려요, 그래서 드리는 말씀은요, 저한테는 더 크게, 더 천천히, 더 분명하게 얘기해야 알아듣는다는 거예요, 그리고 수시로 멍한 표정을 짓거나, 아무 반응이 없거나, 엉뚱한 소리를 할 때는, 못 알아들었거나 잘못 알아들은 거니까 오해하지 마시고, 적당한 시기에 다시 말씀해 주시면 고맙겠습니다, 그리고 여러 명이 함께 있는 자리에서 저 아닌 다른 사람과 나누는 대화에서도, 만일 위와 같은 방법으로 저를 배려해 주지 않으면, 저는 사실상 그 대화의 흐름에서 배제된다는 사실도 알아두셨으면 해요, 저도 어쩔 수 없는 경우가 많아요, 매번 안 들리니 다시 말해 달라고 할 수는 없어서, 자연히 여럿이 있는 자리를 피하게 돼요, 자막이 없는 강연이나 영화 같은 데서도 혼자 멍때리고 있거나 자리를 피하게 되고요, 오랜만에 반가운 동지를 봐도 쉽게 다가가지 못하는 이유가 여기에 있답니다, 인사를 나누고 그

다음에 하는 말을 잘 알아듣지 못하니까요, 보청기를 해도 많이 나아지지 않아서 장애가 있는 채로 여러분을 만나야 합니다, 배려를 부탁드려요, 꾸벅, 이렇게 친구들이 보는 SNS에 글을 올렸다.

나를 잃고 있어

얼마나 더 이렇게 다닐 수 있을지. 서울이 특히 힘들다. 주차하기도 어렵고, 차 가지고 다니는 데 기력을 너무 소진하여 기진맥진이다.

'나'라는 게 뭘까 생각해 본다. 고유한 내가 따로 있는 게 아니라 나를 둘러싼 전체와의 관계가 나일 것이다. 그런데 요즘 나는 나의 일부를 잃고 있다. 얼마 전에 홍세화*라는 나를 잃었고 그전에 임재춘**이라는 나를, 황현***이라는 나를 잃었다. 그 외에도 더 많이 잃었다. 오해하지 말 것은, 그분들과 내가 무슨 각별한 관계에 있었다는 얘기가 아니다. 그건 중요하지 않다. 그분들의 삶이 어쩔 수 없이 내 삶의 일부였다는 사실이 중요하다. '평당원 한 사람이 곧 우리 당 전체'라던 사유思惟가, 콜트콜텍 웃으며 투쟁하던 오랜 눈물이, '함께 가자 우리 이 길을' 하고 부르던 그 노래가 나를 구성해 왔다는 얘기다. 그것들이 빠져나가고 있다. 빠져나가기만 할 뿐 채워지는 일이 없다. 그래서 나는 쪼그라들고 희미해지고 기운이 빠지는 것이다. 내가 이렇게 사라지는구나 실감하고 있다. 오래 같이 있자고 남은 사람들에게 말한다. 직접 만나지는 않아도 당신들이 나니까.

* 《나는 빠리의 택시운전사》의 저자로 <한겨레신문> 기획위원을 지냈다. 진보신당(현 노동당의 전신)의 당 대표(2011년), 계간지 <말과 활>(2013년 창간) 발행인, '장발장 은행'(2015년 출범)의 1대 은행장 등을 역임했다. 2024년 마석 모란공원에 안장되었다.

** 기타 제조업체 '콜트콜텍'의 해고 노동자. 2007년부터 2019년까지 4,464일이라는 긴 투쟁의 시간을 뒤로하고, 2022년 세상을 떠났다.

*** '함께 가자 우리 이 길을' '참사랑' '천천히 즐겁게 함께' 등 많은 노래들로 아픈 이들과 세상을 보듬었던 노동가수. 2021년 하늘로 먼 길을 향했다.

도시락

집에서 싸 온 도시락을 먹었다. 오늘은 빵 두 조각, 밀크티 두 잔, 빵을 찍어 먹을 토마토 잼에 후식으로 고구마말랭이 다섯 조각, 감말랭이 세 조각, 그리고 귤 하나를 먹었다. 빵은 가정용 제빵기에 우리 밀 강력분과 버터와 효모, 각종 견과류를 넣고 스위치를 누르면 자동으로 완성된다. 3시간 40분 소요. 그것을 두 조각 잘라내어 비닐봉지에 담았다. 고구마말랭이와 감말랭이는 직접 집에서 햇볕에 말렸으니 정성으로 치면 이만한 게 없다. 귤은 서귀포에서 친환경으로 농사짓는 잘 아는 사람에게 구했다. 그러니 이게 예사 식단이 아니다. A4 용지 이면지를 깨끗한 면으로 펼쳐 깔고 하나하나 음미하며 먹는다. 천천히 먹어도 다 먹는 데 20분 걸린다. 빵가루는 이면지에 둘둘 싸서 버리고, 테이블은 휴지로 깨끗하게 닦아 치우고, 식사하기 전과 같은 상태로 돌아가 마지막으로 커피 한 잔을 타서 마신다. 개운한 점심.

정전

오전 9시 50분에 사무실 컴퓨터가 갑자기 꺼졌다. 형광등도 일시에 꺼져 어두워졌다. 마침 차를 한잔 마시려고 집에서 가져온 우엉을 머그잔에 담아 객장으로 나가던 참이었다. 사무실 전체가 정전이다. 이 일대 한 블록이 정전이라는 소식이다.

정수기에서 물이 안 나온다. 정수기도 전기에 연결돼 있다. 모든 업무가 컴퓨터 베이스이기 때문에 정전이 되면 할 수 있는 일이 없다. 자동으로 열리고 닫히는 출입문이 열린 채 정지했다. 고층 건물의 한 층을 쓰고 있는 사무실은 창문이 좁아서 열어도 바람이 거의 들어오지 않는다. 맞은편으로 통풍 설계가 되어 있지 않고 시스템 에어컨과 환풍기로 온도와 공기를 자동 조절한다. 점점 더워졌다. 본부 소관부서에서 전화가 와서 언제까지 업무를 중단해야 하는지 묻는다. 알 수 없다. 한전은 통화 폭주로 전화를 받을 수 없다. 퇴근할까? 퇴근하려면 승용차가 있는 지하 4층까지 어두운 계단 39개 층을 걸어 내려가야 한다. 그러니 비상전력이라도 공급될 때까지 기다려야 한다. 직원들 웅성거리는 소리가 들려온다. 한 직원은 자기 집이 해운대 33층이라서 전기가 나갔을 때 올라가지 못했다고 한다. 〈중앙일보〉를 탐독하던 다른 직원은 청와대에 건의해서 원전을 늘리게 하자고 말한다.

다행히 25분 만에 전기가 들어왔다. 모두 제자리로 갔다. 하지만 이게 대체 뭐란 말인가?

체로키족 인디언

체로키족 인디언에게 '이해'는 '사랑'과 같은 말이다. 누군가를 이해하지 못하면 사랑하지 못하기 때문이고, 반대로 사랑한다면 반드시 이해할 것이기 때문이다. 그들은 타자에 대하여 이해하는 마음을 영혼의 마음이라고 구분해서 부른다. 사람은 누구나 '몸의 마음'과 '영혼의 마음'을 가지고 있다는 것이다.

몸의 마음은 먹고 사는 것, 직업, 결혼, 건강 이런 것에 쓰는 마음이고, 영혼의 마음은 자연을 포함하여 타자에 대한 이해와 사랑을 뜻한다. 몸의 마음만 가진 사람은 몸이 죽을 때 그 마음도 따라 죽고, 몸이 사는 동안에도 진정 살아 있는 게 아니다. 자기를 둘러싼 나머지 생명을 이해하지 못해서 그것과 단절되기 때문이다. 몸의 마음이 커지면 영혼의 마음은 콩알만큼 작아지고 점점 생명에서 멀어진다.

영혼의 마음이 커지면, 즉 타자를 이해하고 사랑하게 되면, 자신을 감싸고 있는 다른 생명이 더불어 살아가기 위해

끊임없이 자신을 돕는다. 그런 사람은 비록 몸이 죽었을 때조차도 영원히 죽은 게 아니다. 자연과 마찬가지로 슬프거나 비극적이지도 않다. 늘 저한테 뭐가 이익인가만 살피고 살아온 문명인들은 조금 고달프고 힘들지라도 다른 생명을 가까이하고 마음을 쓰며 사는 사람들, 그들이 가지고 있는 자긍심과 기쁨을 이해하지 못한다.

흰 꽃

이른 아침에 안개비가 내리고 나는 밀짚모자를 쓰고 나갔
다. 어제 내린 비로 번들거리는 아스팔트 길 위에 개구리들이
죽어 있다. 알을 낳고 산으로 돌아가던 길에 차에 치여 죽은
것이다. 개구리의 하얀 허벅지 살을 뜯어 먹으려 물까치들이
내려앉았다. 낮달맞이꽃은 아직 비에 젖어 시무룩한데 괴불
주머니 노란 꽃은 비에 씻겨 청초하다. 어제 일을 못 해 마음
이 급했을 인부 둘이 아침나절부터 나와서 작은 굴착기를 손
보고 있다. 그러더니 문득, 공기가 저녁으로 바뀌느라 바람이
분다. 흰 꽃은 찔레꽃, 백화등, 두메별꽃. 억울하지 않은 죽음
이 어디 있을까. 이왕 살았으니 계속 살아보자고 그늘진 구석
에 찔레꽃이 핀다. 바닥을 기는 백화등, 산 사람과 죽은 사람
사이에서 두메별꽃이 핀다.

항문에 가시

　　아침부터 항문이 너무 아파 끙끙댔다. 치질인가? 이러다 낫기도 하니까 하루만 있어 보자며 출근했다. 그런데 너무 아파서 견딜 수가 없다. 전문병원을 찾아갔다. 의사가 손가락으로 똥꼬를 콱 쑤시는데 '악' 하고 비명을 질렀다.

　　"상태가 심하군요. 간호사, 이 환자는 초음파실로."

　　초음파실에서 산부인과 자세로 눕혀놓고 간호사가 그런다.

　　"화농이 보여서 검사하는 거고요. 아마 바로 수술해야 할 겁니다."

　　"대장암 같은 건가요?"

　　"아뇨, 그렇지는 않고요."

　　손가락으로만 쑤셔도 이렇게 아픈데 어떡해? 빳빳하게 굳어 있는데 한참 들여다보던 의사가 말한다.

　　"최근에 생선 드셨어요? 생선 가시가 항문에 걸렸어요. 빼지는 못하고 안으로 밀어 넣었으니까 아마 대변으로 나올 거예요."

간호사가 웃고. 처방전을 가지고 약국에 갔더니 약사가 치질이냐고 묻는다. "항문에 가시"라고 설명하니 자기도 약국 개업하고 이런 건 처음 본다며 웃는다. 항문에 생선 가시 걸려봤어요? 안 걸려봤으면 말을 하지 마세요. 얼마나 아픈데.

전날 손님들하고 참게메기탕을 먹었더니 아마 메기 가시가 걸렸나 보다. 목에 걸린 게 아니라 항문에. 더 웃긴 건, 치질에는 똥꼬를 조여주면 좋다고들 해서 일하면서 계속 조여주고 있었다. 아파도 조이고 또 조이고, 가시를 깊숙이 깊숙이, 항문에 심어주고 있었다. 이게 치명적이었다는.

유럽 배낭여행

유럽 배낭여행을 다녀왔다(2007년). 사진을 찍지 않으려고 카메라를 가져가지 않았다. 사진 대신 일기를 남기고 싶었다.

로마 생각

거지와 노숙인이 많고, 거리는 지저분하고, 너도나도 담배를 피우고, 꽁초를 아무 데나 버리고, 음식 먹을 데는 없고, 그것도 서서 먹어야 하고, 물도 사서 먹고, 화장실도 돈 내야 가고, 거리는 소매치기로 넘쳐나고, 승용차는 볼품없이 작고, 스쿠터만 한 오토바이로 출근하고, 도로는 작은 블록으로 만들어져 울퉁불퉁 시끄럽고, 거리에는 가로등이 어둡고, 물이 귀해서 샤워도 마음껏 못 하고, 술집도 별로 없고, 가게 문은 저녁 9시인데 다 닫아버리고, 학교도, 병원도, 오피스타운도, 공장도, 활력 있는 뭔가를 찾아볼 수 없는 그곳에 오직 고대 중세 유적들만 종교의 이름을 팔아 주인 노릇을 하는 곳. 숙박, 교통, 관광 관련 산업만으로, 예수와 성모와 베드로와 바울과, 또 미켈란젤로와 라파엘로의 브랜드만으로 밥벌이하는 곳. 그곳에 자기들을 먹여 살리는 관광객들의 질탕한 소비를 질투의 눈으로 바라보는 허름한 옷차림의 의욕 없는 사람들, 로마 사람들이 있다.

베네치아 생각

모처럼 좋은 기억. 좋은 호텔. 무뚝뚝하지만 불친절하지 않은 여종업원과 아침에 "본조르노" 하며 웃어주던 주방 노동자. 커피 한잔과 빵으로 때운 아침이지만 햇살 드는 로비에서의 깔끔한 식사. 어제저녁 바에서 먹은 유럽식 샌드위치와 맥주 한잔도 좋았다. 인상 좋은 주인들. 부부인가? 그리고 이게 더 맛있다고 권해주는 것 같던 손님 한 분.

제대로 샤워하고 산타루치아로 출발. 햇살에 부딪혀 금빛으로 반짝이던 운하, 수상 가옥, 곤돌라. 수상 버스를 타고 산마르코 광장으로 가는 길. 파란 하늘. 파란 바다와 운하. 수상 가옥 사이로 촘촘한 길을 오가는 곤돌라. 그걸 운전하는(노를 젓는) 매우 기술적인 자세의 운전사. 운하 옆으로 쭉 늘어선 고풍스러운 가옥들. 귀족 가옥들. 화려한 성당들. 그리고 산마르코 광장의 비둘기들.

전혀 사람을 무서워하지 않는. 손에도 어깨에도 머리에도 올라앉고. 손 위에서 빤히 내 눈을 바라보는 비둘기들. 엄청나게 많다. 여기 비둘기들은 왜 이런가? 비둘기를 성령에 비유해서 유독 성당에 비둘기를 많이 두었나 보다. 하지만 가둬 놓은 것도 아닌데 왜 이 비둘기들은 다른 데로 가지 않고 여기 이렇게 모여 있을까. 성령이 충만해서? 왜 사람을 피하지 않을까. 수가 많아서? 여하튼 환경이 속성까지 변화시킨다는 걸 보여주는 놀라운 장면이다. 종루에 올라 바라보는 산타루치아. 모두 벽돌색 지붕. 바다와 운하가 어우러져 아름답다. 도시 전체가 여유롭고 아름답다. 다리 위에서 싸구려 물건을 파는 한 무리의 가난한 흑인들을 빼고는.

어디를 가나 가난한 사람들. 흑인과 유색인종들. 예수는 이들을 위해서 왔는데 아직도 이들은 그대로 가난하고 차별 받으며 불쌍하게 살아간다. 2천 년이 지났어도 성당이 화려해졌을 뿐 이들의 형편은 나아지지 않았다. 물론 예수는 이들의 현세를 위해 오지 않았고 영혼을 위해 왔다고 누구는 말하겠지만. 성당도 그렇게 말하면서 죽어서 천국 가면 되니까 힘들어도 참고 살라 하겠지만. 이건 아니다. 이들은 예수를 팔아 차별과 억압을 정당화하지 않는가. 자기들은 현세에서도 천국에 살면서 말이다.

밀라노 생각

온통 벤츠와 BMW였다. 두오모 성당의 거리. 이곳 월 스트리트에 가득 찬 은행과 몬떼 나폴레오네에 즐비한 명품 옷 가게들. 하나같이 고색창연한 대리석으로 멋을 내 똑같이 생긴 건물들. 거의 같은 크기의 점포에 들어선 은행과 상점들. 외제 수입차들. 금방 패션쇼에서 걸어 나온 것같이 잘 빠진 조각 같은 이탈리아노들. 미국 애들하고는 다르게 유럽풍 정장으로 멋을 낸 그들이 야외식당에서 파스타와 피자를 먹고 있다. 우아하게 와인을 곁들였다. 한쪽에선 거리의 피아니스트가 연주하고. 레오나르도다빈치 동상과 스칼라 극장.

문화와 멋과 낭만이 흐르는 천박하지 않은 부티! 내가 입고 있는 등산복 바지와 잠바와 운동화가 너무나 싼티! 그러나 그 밑에서 지하철만 타면 내가 입은 옷이 가장 부티! 같은 장소의 지상과 지하에 이렇게 다른 인간들이 다니는 밀라노. 가난해서 지하철만 타나? 1유로짜리 지하철이라 청소도 안 하고 수리도 안 하나? 조명은 왜 이리 어둡나? 1유로짜리 인생들이 허름한 옷을 입고 무심한 표정으로 지하로만 다닌다. 한국에서도 지하철을 타지만 사람들은 차가 없어서가 아니라 대개 술 약속이 있어서 탄다. 지하철은 가난과 별다른 상관이 없다. 그러나 이곳은 아무래도 그렇지 않은 것 같다.

부티거나 싼티거나 간에 도대체 무슨 재미가 없다. 질펀한 술집도, 널브러진 호프집도, 노래방도, 찜질방도, 영화관도, 비디오방도, 당구장도 없다. 아무도 놀지 않는다. 부자나 가난뱅이나 아무도. 난 여기 놀러 온 건데 놀 데가 없다. 난 여기 그들의 돌무더기를 보러 온 게 아닌데. 그 기막히게 화려하고 섬세한 성당과 명품과 획일화된 인간의 교만에 감탄

하러 온 게 아닌데. 놀 게 없다.

라우터브루넨 생각

나에게 유럽 중 한 나라를 가지라고 하면 나는 스위스를 가지겠다. 굴곡이 뚜렷한 산. 유럽의 조각들이 그렇다. 들어갈 데 들어가고 나올 데는 확실히 나온. 그래서 생동감 넘치는 수려한 조각상들은 스위스의 산세를 닮았다. 그러고 보니 그들의 외모도 그렇다. 푹 꺼진 눈, 툭 튀어나온 코, 긴 팔다리. 우리와 달리 분명하고 주장이 강하다. 자연이 자기를 닮은 사람을 만들었고 사람이 자연을 보고 조각이나 그림을 그렸다. 그래서 셋은 다 닮았다.

기대 반 우려 반을 가지고 왔는데 여기 민박은 정말 최고다. 펜션 1층을 통째로 우리가 쓴다. 4인실 침실, 주방시설이 완벽한 거실, 냉장고, 화장실이 다 있다. 인터라켄 슈퍼에서 사 온 치즈와 초콜릿, 그리고 한국에서 싸 왔지만 여태 제대로 먹을 기회가 없었던 햇반과 고추장, 라면, 짜장면, 소주를 제대로 먹었다. 주인아줌마가 김치도 갖다줬다.

작고, 조용하고, 깨끗하고, 예쁘다. 이곳 사람들. 기차들. 집들. 입은 옷들. 시골은 시골인데 궁상맞지 않고 부자는 부잔데 거만하거나 천박하지 않은 잘 사는 시골 스위스. 모두 동화같이 예쁘게 살 것 같은 이곳은 분명 알프스가 준 선물일 것이다. 영하 20도의 융프라우요흐. 눈보라가 몰아쳐서 장대한 산악 풍경은 볼 수 없었지만 그림 같은 빌더스빌과 슈피츠에서 본 툰호수. 너무 예쁘다.

학교 다녀오는 학생들이 기차에서 내린다. 중학생? 고등학생? 독일어와 불어와 이탈리아어를 다 잘할 거고 영어도 우리보다 잘하겠지? 입시경쟁도 없겠지? 유럽에서도 국민소득이 그중 높은 나라. 먹고사는 문제 때문에 입시지옥에 시달려야 하고, 좋은 회사에 취직해야 하고, 승진해야 하고. 뭐든 남보다 잘하거나 남을 이겨야 살아남을 수 있는 곳이 아닌, 이곳에 태어난 저 아이들은 얼마나 행운인가?

해발 3,400m에서의 고산증. 붕 떠오르던 현기증과 이인감離人感. 오래된 샬렛(오두막집)이 예쁜 건 넓은 초원과 어울리기 때문일 거라는 생각. 하얀 수염을 기른 나이 지긋한 역무원. 산악열차의 아슬아슬한 칸을 자유자재로 오가던 여자 역무원. 먼저 영어로 말을 건네주던 그들의 매너를 떠올리며 이제 또 국경을 넘는다.

파리 생각

유럽의 강국. 많은 진보 지식인들이 현실적인 모델로 생각하는 곳. 프랑스에 왔다. 바게트 1개가 0.9유로로. 너무 싸다. 우유와 소시지와 버터, 알코올 도수 11.6%의 딱 소맥 같은 네덜란드 수입 맥주까지 사서 저렴한 가격으로 풍성한 식탁을 차렸다. 바게트와 우유(1.2유로)가 참 싸고 맛있다. 스위스에선 치즈(3유로)와 요구르트(1.5유로)가 싸고 맛있었다. 이탈리아는 글쎄, 그래도 바에서 파는 샌드위치(3유로)가 싸고 먹을 만했다. 다 그 나라 노동자와 서민들이 주로 찾는 음식들이다. 그럴듯한 식당은 어마어마하게 비싸다. 식당에서 외식할 수 있는 부류는 그리 많지 않을 것이다. 우리나라와 다르다.

개선문을 중심으로 12개의 직선도로. 그중에 샹젤리제 거리. 관광을 위해 만들어진 거리. 거리가 먼저 뚫리고 그 위에 늘어선 한결같은 석조건물들. 높이도 같고 넓이도 생김새도 거의 같은. 오래된 것처럼 보이는 새로 지은 건물들. 그리고 관광객들. 그들을 관광하는 내국인들. 남산 같은 몽마르트르. 작은 한강 같은 세느. 남의 나라 것으로 채워놓은 루브르. 아주 편한 지하철. 아침 10시부터 술에 취해 나뒹구는 노인들. 음악을 사랑해서가 아니라 동전이 필요해서 연주하는 지하철의 악사들. This is PARIS.

열흘째 아들 둘을 데리고 배낭여행을 했다. 공항 입국에서부터 환전, 기차 예약, 터미널에 배낭 보관, 지하철과 버스, 배 타기, 길 물어 찾기, 호텔 구하기, 그리고 기차 갈아타기, 바, 레스토랑, 편의점에 가서 뭐 사 먹기, 쇼핑하기, 전화하기 등등 뭐 하나 쉬운 일이 없었지만 처음 해서 두려웠던 것들이 이제 제법 익숙해졌다. Survival Language! 어설픈 영어로도 서로 무엇을 원하는지 다 알아듣는다. 애들을 시켜 봐도 다

한다. 바게트와 치즈와 샌드위치도 이제 입맛에 맞아간다. 하루에 세 번, 네 번씩 기차를 갈아타고 새로운 도시를 찾아 떠나는 건 분명 흥미로운 일이다.

여행하는 건, 보고 겪은 것들을 통해 세상을 이해하기 위해서다. 세상을 이해하려는 건, 결국 내 삶에 적용하기 위해서다. "자, 그러니 이제부터 어떻게 살 것인가?"라는 물음에 답하기 위해서. 눈물 나도록 감동인 건, 보이는 장면들이 아니라 그것들이 내게 물음이 되어 날아오는 그 순간이다. 아이들에게 이번 여행은 무엇이 되어 날아왔을까, 생각한다.

스승의 날

학교에서 스승의 날 현수막 문구를 공모해서 나도 잠시 생각해 보았다. 즉시 '스승'이라는 단어 자체에 거부감이 일었다. 스승이 사라진 시대를 한탄하는 사람들이 있다. 하지만 스승의 시대를 그리는 마음속에는 실제로 없는 것에 기대는 심리가 담겨 있다. 환상조작의 기대효과.

스승은 주류 기독교의 하느님이요, 유아들의 산타클로스다. 목적이야 어떻든 그런 스승은 없다. 똑같이 인간의 모습을 한 교육노동자가 있을 뿐이다. 수평관계의 시대에 아직도 스승을 붙들고 있는 건 신화적 질서가 필요한 사람들의 낭만이 남아 있어서다.

절대적 권위와 무조건의 존경이 허용되는 공간. 왕정복고. 근데 이런 날을 정작 교사들이 원할까? 스승보다는 '샘'을, 존경보다는 이해를 원하지 않을까? '스승의 은혜'가 아니라 '선생님 사랑해요'를 더 원할 것이다. 아니 어쩌면 사랑이라는 말도 부담스러운 게 교사들의 솔직한 심정일지 모른다. 그래서 문구를 이렇게 지어봤다. "나는 걍 샘이 좋더라." 그런데 정직하지 않은 느낌이다. 내가 학생이 아니라 학부모라서 그럴 것이다. 이렇게 바꿨다. "같이 속 썩어줘서 고맙습니다." 이게 훨씬 낫다.

축사

학교에서 나더러 축사하라고 하는구나(2010년). 그래 이놈들이 졸업하지? 생각하니 벌써 3년이 흘렀다. 어리바리하고 귀여웠던 놈들인데 이제 좀 컸다고 너무 징그러워졌어. 근데 무슨 말을 할까? 축사할 사람들이 다섯 명이나 된다는데. 저 놈들이 내 말을 들을 리가 없잖아. 다 그렇고 그런 말들. 꼰대들이나 하는 말. 나 다음에 학생회장이 하는 말은 듣겠지. 좋아라 하고 듣겠지. 저들끼리는 잘 통하니까. 그래, 너희들이 언제는 부모 말을 들었니? 하지만 듣든 말든 오늘은 내 할 말을 좀 해야겠다.

이제 나가면 책 좀 읽어라. 책을 안 읽으면 사람이 아닌 거다. 그냥 생명체지. 너희 다 큰 것 같지? 세상 만만해 보이지? 그건 너희가 책을 너무 안 읽어서 그런 거야. 뭘 몰라서. 너희 잘난 척하고 사는 거 아빠도 보기 좋지만, 부디 책 좀 읽고 진짜 그럴 수 있기를 바라.

그리고 돈 아낀다고 밥 건너뛰지 말고 제때 먹어. 엔진오일도 제때 안 갈아주면 차 오래 못 쓰는 것처럼, 너희 몇천 원 밥값 아끼다가 나중에 늙어서 큰 고생해.

또 나가서 존중받고 싶으면 네가 먼저 남을 존중해. 너희 보기에 우스워 보이는 사람들 많지? 세상에 널린 찌질이들. 들여다보면 다 그럴 만한 이유를 지니고 있어. 너희가 아직 모르는 게 많다.

어렵겠지만 '회색 인간'으로 살아라. 이도 저도 아닌 회색 말고, 흰색과 검은색이 분명하게, 그리고 촘촘하게 짜여 있어서 멀리서 보면 회색처럼 보이는 사람. 웃을 줄 알고 울 줄 알고, 실없이 가볍고 또 진지하고, 분노할 줄 알고 용서할 줄도 아는 그런 사람.

분명해라! 세상과 타협하지 마라! 가진 자들의 거만한 어깨를 부숴버리고, 배운 자들의 요란한 입을 날려버리고, 가난한 사람들의 비굴한 웃음에도 침을 뱉어라. 하지만 동시에 그럴 아무런 자격도 없는 자신을 돌아보며 울어라.

실수해도 괜찮다! 마음껏 살아라! 정 힘들면 술만 먹지 말고 아빠한테 전화해서 술주정이라도 하렴. "야, 그만 먹고 들어가 자" 이런 말밖에 안 해도, 아빠 마음 이해하고 씩 웃을 줄 아는 그런 사람이 되었으면 좋겠다.

명심해라. 엄마 아빠는 네 편이다. 엄마 아빠는 이상화처럼 금메달 따라고, 전태일처럼 훌륭한 사람 되라고 너희를 간디학교에 보내지 않았다. 행복해라. 꼭 행복해야 한다. 너희들 덕분에 우리도 그동안 많이 행복했다. 그래서 고맙다. 간디 10기 졸업생들에게. 너희들 모두의 아빠가.

명절증후군

1. 애들에 대한 의심

휴일에 집에 있는 애들을 보면 속이 뒤집힌다. 아무것도 하지 않고 빈둥거리는 모습만 눈에 들어오기 때문이다. 방에는 보는 책이 없다. 책상은 정리하지 않은 것과 쓰레기들로 어지럽다. 애들한테 방은, 아니 집이나 가족은 다 자기 것이 아니다. 같이 만들어 갈 자신의 일부가 아니라 잠시 사용하다 버릴 일회용품 같은 거다. 애들이 가끔 관심을 보이는 책이나 텔레비전 프로그램의 수준도 마음에 안 들고, 다른 가족이나 친척을 만나 하는 행동도 영 부족해 보여 속상하다. 뭐든 편하게, 적당히 지내고 보려는 부족하고 게으른 아이들. 내 눈에 보이는 애들의 모습이 딱 그렇다.

나는 지금 아이들의 모습에서 좀처럼 무게감을 발견할 수 없기에 혼란스러운 거다. 사람은 어떠한 경우든 노력하는 딱 그만큼만 가치를 증가시킨다. 노력이 빠져도 이루어지는 선善이란 없다. 역설적이지만 대충 살기 위해서도 노력이 필요하다. 노력해서 대충 살려는 사람과 별생각 없이 대충 사는 사람은 다르다. 전자에게 행복할 자격이 있다.

2. 나에 대한 의심

'부족하고 게으른 아이들'은 순전히 나를 통과한 스펙트럼이다. 내가 맞다는 보장은 어디에도 없다. 사실 부족하지 않은 아이들일 수 있다. 단지 부모의 기대치 때문에 그렇게 보이는 거라면 나도 어쩔 수 없는 속물이겠다. 어쩌면 부족하지만 게으르지 않은 아이들일 수도 있다. 나름대로 최선을 다하고 있는 '달팽이'일 수도 있는 거다. 그렇다면 다그칠 게 아니라 도와줘야 한다. 도와주다니 어떻게? 부족함을 부모의 능력으로 채워줘야 하나? 아니, 편하게 달팽이로 살도록 인정해 줘야 하나?

나는 한때 애들에게서 '운동권 엘리트'를 원했다. 혼자 행복하라고 너를 간디학교로 '빼 오지' 않았다고 누누이 강조했다. 더불어 사는 세상을 위해서도 능력이 필요하다고 믿었기 때문인데, 지금은 생각이 바뀌었다. 지금은, 세상을 바꾸는 건 누구의 능력이나 권력이 아니라 다중의 저항이라고 믿는다. 그래서 애들이 저항하는 다중이 되는 것에 기꺼이 동의하고 또 원한다. 그런데 애들이 과연 저항할까? 안 하면, 나는 또 나중에 애들에게서 무엇을 원하게 될까?

3. 가족을 이루며 사는 동물들

마르틴 부버라는 학자는 인간을 '사이 존재'라는 개념으로 설명했다. 인간은 '나'나 '너'가 아닌, 그들 사이에 존재하는 관계 또는 만남으로만 정의될 수 있다는 것이다. 사실 인간人間이라는 글자 자체를 그렇게 써온 유교 문화권에서는 새로울 게 없는 개념이다. 나는 '나'에 대해서는 책임을 다하려 하지만 '너'에 대해서는 알 바 아니다. '나'와 '너'는 이렇게 분명하고 쉽다. 하지만 세상은 온통 '사이 존재'라서 쇼펜하우어의 '고슴도치 우화'처럼 어정쩡한 자세가 필요하다. 특히 가족이라는 곳에서는 훨씬 더.

이런 생각을 하다가 동물들을 떠올리는 건 아이러니다. 말과 사슴 같은 초식동물들은 대부분 가족을 이루어 산다. 하지만 새끼가 네발로 서면 가족이라 해도 스스로 생활한다. 새도 둥지를 날면 어미가 더는 먹이를 가져다주지 않는다. 호랑이는 단독 생활을 하지만 독립할 때까지 어미와 함께 생활한다. 육식동물 중에서 사자는 평생 가족을 이루어 사는 것으로 알려져 있다. 새끼가 다 크고 나서도 가족과 무리 생활을 한다. 그러기 위해서 사자는 새끼를 키울 때, 저 멀리 던져놓고 따라오는 애들만 데려간다.

빵집 당堂

산책 코스에 전부터 가보려던 '화월당'이 있어 들렀다. 오래된 빵집에 종종 '당'이라는 이름을 붙이는데 대전의 '성심당'이 그렇고, 군산의 '이성당'이 그렇다. 성심당은 튀김소보로와 부추빵이, 이성당은 단팥빵과 야채빵이 유명하다. 나는 성심당의 튀김소보로와 이성당의 단팥빵이 맛있었다. 가게에 들어가니 순천의 화월당은 찹쌀모찌와 볼카스테라만 한다. 앉아서 먹을 좌석도 없고 주문 택배를 주로 하는 곳이다. 소감을 말하자면 찹쌀모찌는 극한의 부드러움을 자랑하고, 볼카스테라는 식감이 다르고 안에 앙꼬가 들어 있어 특이하다. 그러고 보니 둘 다 일본식 빵이다. 1928년에 개업하여 백년 가까이 두 가지 빵만 만들어 왔다고 한다. 성심당이 1956년에, 이성당이 1945년에 장사를 시작했다니, 오래된 역사로 치면 화월당이 으뜸이다. 순천 그 인근에는 1937년부터 영업을 해온 '1937 모밀우동' 가게도 있다. 역시 일본식 음식이다.

어머니는 찹쌀모찌를 좋아하셨다. 일제강점기에 태어나

어린 시절부터 입맛에 길들어진 빵이라서 그럴 것이다. 나는 이런 빵들보다 현대식 베이커리 빵들이 좋다. 최근에 개업했으나 가게 이름에 '당'을 붙인 광주의 '펭귄당'은 자주 가는 빵집이다. 전통 맛집보다 요즘 빵들을 즐겨 찾는 이유는, 아마도 내가 원래부터 빵을 좋아하던 사람이 아니라서일 것이다. 나이가 좀 들어가고 생에 알 수 없는 불안이 밀려오던 시절부터 나는 빵이나 버거, 피자 따위를 찾기 시작했다. 분위기를 밝게 하고 싶어서. 마치 밝음이 거기 매달려 있기라도 한 것처럼. 그러니까 나에게 빵은 역설적이게도 멜랑콜리아의 산물이다.

똥배

어머니도 한때 자신의 똥배를 부끄러워하신 적이 있었다. "아이참, 먹는 것도 별로 없는데 왜 이렇게 똥배가 나오나 몰라?" 그러다 배가 얇아지자 몸의 다른 부위도 금방 가죽만 남았다. 그리고 가셨다. 그러고 보니 뱃살은 나이 든 사람의 에너지 저장소 같은 것이었다. 단단하던 근력과 정력이 테두리가 허물어지고 녹아내려서 물컹한 연료로 아랫배에 쌓인 것이다. 마치 호롱불의 석유처럼. 늘어진 뱃살은 늙은이가 마지막에 사용할 기름이 되었다.

늦은 점심

Intro

'율법 안에서 의롭다 함을 얻으려 하는 너희는 그리스도에게서 끊어지고 은혜에서 떨어진 자로다.' 율법 안에서 의롭다 함을 얻으려 하는 나. 행위는 결과일 뿐 아무것도 구원할 수 없으니. 내 안에 무엇이 있는가. '우리가 성령으로 살면 또한 성령으로 행할지니.' 그래 나도 정직한 나, 필요한 내가 되고 싶었어.

밥이라도 얻어먹을 줄 알고 서둘렀던 지점장은 실망한 표정으로 근처 식당을 찾는다. 얘가 다 저질인데 처먹는 거는 고급이다. 골프 원-포인트 레슨 받으러 다니는 근처에서 채선당으로 가자고 김 차장하고 씨부렁거린다. 그러든가 말든가 나는 먹고 싶지 않아서 지점까지 걸어온다. 한 10분 걸어도 땀이 뚝뚝 떨어지는 거리 한구석에, 옥수수 찌고 풀빵 구워 팔겠다고 목에 수건을 두르고 앉아 있는 노점상 아줌마가 있다. 내 엄마 같은 아줌마가 있다. 겨울 연탄불에 돌을 구워 발을 녹이던 엄마는 오늘도 불 앞에서 옥수수를 찌고 풀빵을 구워 파느라 앉아 있다. 그때 시장에는 약국이 있었고 거기서 조금 떨어진 곳에는 지금 은행이 들어섰다. 그 새끼들. 비굴하게 사는 대가로 겨우 조금 더 비싼 것 처먹고 다니는 새끼들. 너희들을 다 쓸어버리는 게 내 꿈이었던 적이 있었다. 그럴 가치도 없는 불쌍한 새끼들이라는 걸 나중에 알았다. 늦은 점심. 오늘 들어 벌써 세 번째 꺼진 휴대폰을 만지작거리며 컵라면 하나를 깐다.

Outro

언제는 거꾸로 매달려 고문을 당했어. 너무 아프고 무서워서 다 말하겠다고 하니까, 걔들이 비웃으며 "별것도 아닌 새끼가" 하는데. 꿈에서 깨어서도 그게 얼마나 치욕스러웠는지. 내가 실제로도 그럴 거 같아서. 그들 앞에서 내가 정말 좆도 아닐 거 같아서.

2장

연대 다니느라 탔던 버스를 희망버스라 부른다. 하지만 사회는 여전히 불안하다. 우리의 연대도 불안에 동승한다. 불안버스를 타자.

정치

연대 시민 불안버스 °° 2장 정치

펭귄당

서기 2222년 드디어 지구의 전투적인 녹색 분자들과 노동당의 모든 거리 정파가 합세해 당을 만들었다. 당명은 대의원 전체 화상회의에서 펭귄당으로 정해졌다. 최종 결선까지 오른 적록당은 당명에 유머가 부족하다는 평가를 받았다. 펭귄은 남극의 빙하 기후 위기와 기름때 묻은 노동자 군단의 제복을 상징한다. 뒤뚱뒤뚱 다녀도 생존력이 강하다.

"우리는 언제나 함께 걸어 다녀요."

"함께 다니면 독수리보다 강하죠."

펭귄당은 의회 의석을 탐하는 대신 거리에서 싸울 자리를 탐하겠다고 포부를 밝혔다. "그리고 우선 광주에 있는 빵집 '펭귄당'에 가서 양해를 구해야 해요." 빵집 주인은 자기들이 설쳐봐야 얼마나 설치겠냐며 대수롭지 않게 생각해 당명 사용을 승낙했다. 그는 자신의 가게 이름이 곧이어 자본주의를 처단할 어마무시한 이름이 되리라고는 꿈에도 생각하지 못했다. 다만 그날 밤 이런 꿈을 꾸었다. 이런 노래를.

"자주 보는 풍경이죠. 우리는 낡은 벽과 허름한 집 사이로 난 골목길을 걸어요. 하늘에 검은 별이 빛나도 아기 예수 울지 않아요. 뒤뚱뒤뚱 걸어가는 펭귄당도 울지 않아요."

말벌들

• •

사실 기분이 영 개운치 않다. 12·3 비상계엄 이후 진행된 과정에서 우리의 한계랄까 볼 걸 다 본 느낌, 더는 별로 기대할 게 없는 느낌이 들어서다. '2030 여성'이라 불리는 청년 집회 참가자들의 등장은 놀라운 일이었으나 기존 운동이 그것을 담아내지 못했다.

한국옵티칼하이테크(옵티칼) 북토크에서 어느 분의 질문에 답하면서였다. 요즘 민주노총이 젊은 집회 참가자들에게 지지를 많이 받지 않냐고 해서 "글쎄 나중에 실망하게 되지 않을까 걱정"이라고 대답했다. 길을 열겠다던 민주노총. 지난 4월 옵티칼 희망버스에서도 그 약속을 지켜 달라고 당부하는 어느 '말벌 동지'*의 발언이 있었다. 하지만 이들은 어느 정도 예감하고 있을 것이다. 싸우는 노동자와 민주노총이 반드시 한편은 아니라는 것을.

비정규직 노동자가 구사대에 쥐어 터지고 구조조정에 내몰린 노동자가 용역들에게 칼부림을 당해도 민주노총은 나타나지 않았다. 싸우는 사람도 말벌이었고 다치는 사람도 말벌이었다. 500일이 다 돼가는 옵티칼 고공에도, 세종호텔 지하차도 철구조물에도, 거통고 한화빌딩 CCTV 철탑에도 민주노총 120만 조직은 없었다. 싸우는 사람도, 속상해서 우는 사람도 말벌뿐이었다. 민주노총은 어쨌거나 윤석열 퇴진에만 나서는 정치집단이었다.

하긴 시민들도 그랬다. 민주 혹은 촛불이라는 수식을 붙이고 다니는 시민들은 말벌이 한때 '2030 여성'이었을 때, '남태령 소녀'였을 때, 응원봉을 들고 '기특하게도' 윤석열 퇴진을 외칠 때만 환호했다. 여성과 소녀가 말벌이 되고, 광화문을 벗어나 공장으로 달려가자 시민들은 고개를 돌렸다. 싸우는 노동자와 시민들도 한편이 아니었다.

윤석열이라는 장막이 걷히자 그 자리에 싸우는 노동자, 말벌, 민주노총, 시민이 따로 모습을 드러냈다. 말벌은 싸우는 노동자에게 가고, 민주노총은 시민에게 갔다. 민주노총과 시민은 함께 선거로 가고, 싸우는 노동자와 말벌은 거리에 남았다.

* '말벌 동지'란 명칭은 꿀벌을 지키기 위해 말벌이 나타나면 언제든 달려가 때려잡는 '말벌 아저씨'의 행동(밈)에서 유래했다.

립 반 윙클

　통신요금 안내 문자가 온다. 달력을 본다. 내일은 가스 검침을 기록하는 날, 엊그제는 아파트 관리비를 냈던 날, 다음 주에는 실업 인정 신청서를 보내야 하는 날이 적혀 있다. 이것들은 시간이 지나가고 있음을 말해준다. 하지만 어떤 시간은 멈춰 있다. 기억의 시간. 어떤 시간은 훅훅 지나가고 어떤 시간은 그대로 멈춘다. 문득 워싱턴 어빙의 〈립 반 윙클〉처럼.

　하룻밤을 자고 났더니 자신을 제외한 모든 시간에서 20년이 흘렀다. 아이였던 딸이 아기를 안고 나타났다. 못살게 굴던 아내가 죽었다. 나라가 식민 지배에서 벗어나 독립해서 왕정이 끝나고 대통령을 선거로 뽑는다. 모두가 변했다. 하지만 모든 기억은 그대로 있다. 그도 그럴 것이, 자기는 단 하룻밤을 잤으므로. 아서 쾨슬러의 《한낮의 어둠》에도. 열렬한 볼셰비키로 러시아 혁명을 이끌었던 루바쇼프가 스탈린 치하의 감옥에 있을 때, 그 옆방에는 별명이 '립 반 윙클'이던 왕당파 죄수가 있었다. 립은 왕정을 그리워했다.

사람은 어떤 날 어떤 경우 갑자기 자신의 분열을 경험한다. 그리하여 자신의 어떤 부분은 남고 어떤 부분은 시간에 잡혀 끌려간다. 남은 자신은 희망버스에서 나눠주는 김밥을 먹으려 하지만 끌려간 자신은 서브웨이 매장에서 샌드위치를 주문해야 한다. 빵도 고르고, 안에 넣을 재료도 고르고, 소스도 골라야 한다. 무한한 선택이 앞에 놓였으나 쓸모가 없다. 결과를 모르고 골라야 하는 선택은 민주주의와 닮았다. 립 반 윙클이 스스로 원한 적이 없던 선거에 참여해야 하는 것처럼, 우리도 자신이 바란 적이 없는 메뉴판 앞에 떠밀려 서 있다. 빨리 주문하라는 독촉과 제대로 고르라는 주위의 시선이 부담스럽다. 전선에 선 줄 알았던 볼셰비키의 시절이 잠시 책 속에서, 하룻밤의 꿈속에서 지나갔으므로, 우리는 이제 그게 그거인 삶을 선택이라는 이름으로 골라야 한다. 그리고 모든 책임은 선택한 자의 몫이 된다.

정치의식

　탄핵 찬성이 70%라 했던가(2017년)? 우리 사무실에도 직원들 대부분이 박근혜 탄핵 인용을 반기는 듯한데 단 한 명이 예외다. "그래 이제 누가 나와서 얼마나 잘하나 봐야지. 내 꼭 지켜본다." 다른 직원들이 텔레비전 보고 좋아하면, 그 직원은 "내 꼭 지켜본다!" 하고 누구 들으라고 하는 소리인지 혼잣말을 하며 자리로 돌아가는 것이다.

　점심시간에 같이 식당에 가니 식당에 또 텔레비전이 켜져 있는데, 다른 직원 하나가 속도 모르고 "저 어버이연합을 왜 못 없애죠?" 하고 말했다. 그 직원은 "왜 없애! 왜, 왜 없애!" 하며 고함을 질렀다.

　"아니 저렇게 버스에 올라가서 난리를 치고."

　"너네는 안 그러냐?"

　대명천지에 날벼락이지. 우리 직원 중에서 누가 경찰버스에 올랐으려고. 촛불집회도 한번 안 나갔을 직원들한테.

　나라 꼴이 엉망이라고들 얘기한다. 들어보니 최순실, 우병우를 얘기하고 또 문재인을 얘기한다. 그게 뭐냐고 물어보니 뭐 이러쿵저러쿵 얘기하는데 다 지금 언론에서 떠들어대는 얘기일 것이다. 거슬러 노무현을 얘기하기도 하고 이명박을 얘기하기도 한다. 대체로 다 썩었고 나라 꼴이 말이 아니라는 얘기들이다.

내가 불편한 건, 그게 왜 나라 꼴을 평가하는 기준이 되냐는 거다. 그들이 잘못하는 게 왜 나라가 잘못하는 게 되냐? 그들이 나라냐? 나는 뭐냐? 너는 뭐냐? 직원들의 이런 정치의식은 비판적인 경우에조차 소외와 상실, 책임회피를 가져온다. 정치의식은, 내가 무엇을 할 각오가 되어 있고 남들과 무엇을 같이 할 수 있겠는가의 가능성 외에는 아무것도 아니라고, 나는 속으로 생각한다.

현실 사회주의 로드맵

착취와 차별, 욕망에 근거한 자본주의와는 다른 가치관이 필요했다. 빈곤도 소외도 없는 더욱 인간적인 사회. 그것은 쿠바에서 '게바라주의 체제'였다. 혁명으로 가능한 체제. 도덕성에 중심을 둔 이상적인 사회주의. 그러나 인간은 그렇게 완벽하지 않았고 곧 생산성이 떨어졌다. 누구나 공평하게 일하지도 않았다. 적게 일하고 국가가 제공하는 편익을 받으려는 기회주의가 성행했다.

강력한 중앙집권과 계획경제가 필요했다. '소련식 체제'를 도입하자 곧 생산성이 올라갔다. 자본주의보다 빠르게 성장했다. 하지만 이것은 물자에 의존하여 살아간다는 면에서 자본주의와 다를 바가 없었다. 사회주의는 자원의 공평한 분배 이상의 것이어야 했다. 관료기구는 공정하게 분배할 수는 있어도 인간소외를 해방할 수는 없었다. 그래서 자유와 경쟁에 눈을 돌렸다. 더 유연하고 효율성이 높은 체제가 필요했기 때문이다. 의료, 주택, 교육 등 기본적인 인간의 필요에 대한 권리는 보호하되, 다른 분야에는 유연하게 대응하기로 했다. 그러나 이것은 어느 정도 '자본주의 체제' 아닌가? 부분적인 시장원리의 도입과 민영화는 결국 불평등과 불공정을 끌어들였다. 그래서 다시 '이상'(게바라주의)으로 돌아가고, 다시 '계획'(소련식)으로 가고, 다시 '시장'(자본주의)으로 가고를 반복하는 것, 이것이 현실 사회주의의 로드맵이 될 것이다.

우리가 사회주의라 부르는 이념의 실현은 결국 끊임없이 인간적인 것들, 즉 우리가 지향하는 것들과 우리의 한계들 사이에서 오락가락하며 만들어지는 시행착오일 것이다. 계속 가다 보면 무엇이 남을까? '자연'과 '자율'이 남기를 바란다. 자연과 하나 되고 자율이 유일한 통제 수단인 사회.

주권을 행사했다고?

너에게 하고 싶은 말이 있어. 주권을 행사했다고? 반장 선거해 봤잖아. 반장이 선생 말 듣지 우리 말 들어? 가령 교칙을 바꾸는 데 반장이 도움이 돼? 세월호가 진상조사위원회 꾸려지고 끝난 거 몰라? 대표가 나가지. 그러면 끝이야. 윤석열을 심판해? 그래 심판해. 돌멩이 대신 투표용지로. 아이고 무서워라. 이마트에서 소비자가 왕이라니까 진짜 왕인 줄 알아. 뭐더라? 그 소설이. 솥뚜껑 위에 올라가는 게? 그래 현기영. 소드방놀이. 탐관오리를 솥에 넣고 삶아 죽여야 하는데 솥뚜껑 위에만 잠시 올라가다 내려와서 아이고 나 죽었네 하는 거. 우리가 지금 한 게 그거야. 좋다고 술 먹지 마.

윤석열

1

윤석열이 비상계엄을 터뜨리고 며칠 지났다. 사람들은 국회로 몰려들었다. 하지만 뭘 자꾸 국회를? 국회는 계엄과 관련하여 그 해제를 요구함으로써 할 일을 다 했다. 다시 그 공간은, 국가를 위기에서 구해낸 민주적 인사들이 아니라 자산 평균 33억을 가진 이 나라 상위 1%의 귀족들로 채워졌다. 우리도 서울에 간다고 능사가 아니라 다른 목소리를 내야 한다. 나라 걱정하지 말고 삶을 걱정하자. 노동자는 계속 일하다가 죽어도 되는지, 돈 없는 노인은 자식 보기 미안해서 스스로 죽어야 하는지, 장애인 가족은 앞으로도 이렇게 살아야 하는지, 학생들은 학교와 학원에 갇혀서 계속 사육당해야 하는지, 우리가 회복하려는 나라가 과연 이런 나라인지를 물어야 한다.

2

옛날에 왕이 될 운명을 손바닥에 새기고 나타난 사람이

있었다. 그는 운명대로 왕이 되었다. 그런데 신하가 왕의 말을 듣지 않고 백성들이 왕을 조롱하기 시작했다. 그는 개빡쳐서 칼을 빼 들었다. 그러자 당장에 역모죄로 잡혀서 죽게 생겼다.

"이게 어찌 된 일이지? 나는 분명 왕이 될 운명이라 했는데……."

그러자 도사가 '뿅' 하고 나타나서 말했다.

"맞아, 너는 왕이 될 운명이야. 그런데 공화제의 왕이 될 운명이지."

공화제에서는 대통령이나 시민이 되어야 하는데 왕이 되는 바람에 신세 조진, 개불쌍한 운명의 옛날이야기. 오늘날 공화제의 부조리와 불평등에 시달리는 시민들은 이 얘기를 기억하며 희미하게 웃는다.

"왕은 쉬웠어. 공화제가 문제지."

3

왕은 물리치면 된다. 하지만 그렇게 되찾은 공화국은 누가 결정하는가? 되찾는 과정에서 민주가 아니면 되찾은 공화국도 민주일 리 없다. 그러니 집회에서 달라진 상황에 대한 방향은 누가 결정하는가? 이를테면 더 갈 건지 여기서 멈출 건지, 계속 앉아서 노래를 부를 건지 뚫고 나가려고 몸싸움을 시도할 건지, 중간에 중재가 들어오면 그걸 받을 건지 말

건지를 누가 결정하는가? 그걸 결정하기 위한 광장의 토론은 왜 없는가? 그런 결정은 당연히 '지도부'가 하고 광장은 그저 통보만 받아야 하는가? 우리는 여기서도 아랫사람이라 누군가의 지시를 따라야만 하는가? 연대자는 싸우는 사람들과 함께 새로운 주체가 되기를 포기하고 그저 도움을 주는 자, 조력자에 머물러야 하는가?

연대자가 거의 모든 의사결정 과정에서 배제되는 체험은 앞으로의 사회적 싸움을 무력하게 만든다. 아무도 들러리나 몸빵을 원치 않아서 주체적인 연대자는 발길을 돌리고 맹목적인 추종자만 남는다. 결과는 이 모양이 된다. 확장되지 않는다. 심지어 누구를 체포하겠다고 공언했을 때, 그걸 진심으로 믿어야 할지 퍼포먼스로 간주해야 할지 모르는 상황이 반복되면, "이건 운동판이나 정치판이나 똑같잖아" 하는 회의감이, 결국 사회란 이런 것이라는 패배적인 사고가 지배하게 된다. '2030 여성'을 기대하기 전에 우리가 지금 무엇을 하고 있는지 돌아봐야 한다.

4

한마디 더 하자. 아무리 윤석열이라도 미친, 미친 하는 말은 쓰지 말아라. 말년에 미친 어머니를 뒀던 나는 마음이 아프다. 아무리 천공이라도 국졸 들먹이지 말아라. 막내 누나도 중학교 중퇴했고 사촌들도, 가난과 가부장제 성차별로 죄다 여상 야간 다녔다. 내 아들도 둘 다 고졸이다. 시민, 시민 하면서 그 시민에 노동자들 함부로 끼워 넣지 말아라. 언제 노동에 연대했다고 시민 싸움에 '닥치고 함께하라' 하지 말아라. 몇 년에 한 번 광장에 나오는 사람보다 매일 싸우는 사람들이 귀한 법이다. 싸울 기운도 없이 차별받는 사람들이 더 귀하다.

체포되기 릴레이

시간이 지나면서 지금과는 다른 집회 방식이 필요했다. 1박 2일, 2박 3일로 앉아 있는 시간을 계속 늘릴 게 아니라 다르게 움직여야 했다. 그래서 '체포되기 릴레이'를 제안했다.

우리가 경찰이나 저쪽 지지자들하고 충돌하자는 게 아니다. 윤석열 하나 때문에 국민이 이렇게 많이 체포되고 있다는 것을 보여주자는 것이다. 그러면 정치인들과 사법기관이 가지고 있는 주도권을 국민의 열망에 맞게 우리가 가져올 수 있다. 나는 이렇게 말했다.

"체포되기 릴레이를 제안한다. 다치지 말고, 싸우지 말고, 얌전하게 윤석열 집으로 걸어 들어가자. 물론 그전에 누군가에게 제지당할 것이다. 그래도 또 걸어 들어가자. 나는 태엽 감은 장난감 인형이다, 앞으로만 간다, 주문을 걸자. 그러면 귀찮아서 번쩍 들어다가 차에 실을 것이다. 좀 있다 나오면 된다. 체포 체험이다. 광장에 수십만이 모이는데 이 중에서 천 명, 만 명만 이렇게 해도 우리는 승리한다. 공수처, 경찰,

검찰 혹은 헌법재판소, 이딴 거 쳐다보지 않아도 우리 힘으로 승리한다. 제발 이것 좀 하자."

반기는 사람도 있었으나 성사되지 않았다. 2030, 남태령, 키세스가 중요한 게 아니다. 우리가 무엇을 할 것인가가 중요하다. 더 이상 저들이 하는 것을 관람하지 말고 우리가 움직이자. 체포되기는 우리가 하자. 다들 이해관계가 있어서 못한다면 '진보 3당'이라도 우선 했으면 좋겠다고 여러 경로로 말했지만 되지 않았다.

집회는 발언과 문화제로, 얼마나 더 오래 앉아 있느냐로 질서정연하게 진행되었다. 마치 우리가 할 일은 외치는 형식으로 저들에게 요구하는 것이고, 실제로 일은 저들이 한다는 이상한 민주주의 방식을 스스로 고집하는 것 같았다.

그사이 분출하던 대중의 분노는 요구의 수준으로 가라앉았다. 문제는 주도권이었다. 우리에게 세상을 바꿀 만한 힘이 실제로 있는지를 확인하는 것이었다. 그것이 변혁의 힘이다. 그것은 이처럼 요구하고 관람하는 것으로 되지 않는다. 움직였어야 했다. 우리가 실제로 길을 열어젖혀야 했다. 요구에는 힘이 있어야 하고, 그 힘은 움직여서 설득력을 확보했을 때 얻어지는 것이었다. 기득권 정치인들이야 지금의 상황을 진정 바랐겠으나, 여기에 아무런 지분도 없는 우리는 다르게 움직였어야 했다.

그런데 하지 못했다. 힘이 없건, 용기가 없건, 머리가 없건 하지 못했고, 앞으로도 갑자기 될 것 같지는 않다. 계속 지켜보고, 어떤 때는 거리로 나와서 지켜보고, 화난다고 욕이나 해대면서 말로 용기를 과시하는 데 그칠 것이다. 그게 나는 답답하다.

힘들면 쉬자고

힘들면 그만 쉬어도 된다고 말하고 싶다 세상에 나 아니
면 안 될 일은 없으니 사람들이 싫다는데 뭐 하러 이러고 있
을까 매번 빚져 가며 상처받아 가며 심지어 조롱까지 그들은
그들대로 살게 두고 이제 자신만 책임지고 살아보자고 그러
면서 생각해 봐 내가 무엇을 위해 이러고 있는지 사실 우리는
아직도 너무 다르고 그래서 갈라설 일이 아직 많이 남았다는
것을 갈라서고 갈라서고 온전히 자신의 본 모습으로 누구의
지지를 구할 일도 없이 이 이상 다치거나 상처받을 일도 없이
온전히 세상과 싸워나갈 수 있을 때 그때 만일 곁에서 같이
걷는 사람이 있다면 그게 희망이 아닐까 나는 그렇게 생각해

지랄같이 피는 꽃

이 갑갑증이 뭘까? 온천지에 꽃이 활짝 폈는데도 아무런 의미가 없다. 꽃을 꽃으로 받아들이지 못하는 것은 내 오감이 이미 체증에 시달리고 있기 때문이다. 머리와 심장 사이에 꽉 막혀 있는 이 체증. 그래서 난 되지도 않는 이 끄적거림을 하고 있다.

리 호이나키Lee Hoinacki라는 미국인은 20~30대를 남미 빈민 지역에서 활동하다 50대에 정년보장 교수가 되자마자 대학을 버리고(그의 표현으론 미국을 버리고) 시골로 가서 농부가 되었다. 새로운 삶터 속에서 예전에 세상을 향해 품었던 모든 질문을 근본적으로 해체해 버린다. 폭력을 정당화하는 거창한 말들, 예컨대 이데올로기라든가, 진보라든가 하는 말들을 말이다. 나도 그처럼 치열하게 자기를 부정하며 살 수 있을까(요즘 《정의의 길로 비틀거리며 가다》라는 책을 읽고 있다)?

어제 진주에서 누구 결혼식에 갔다가 반가운 얼굴들을 만났다. 집에 가자 해서 대낮부터 한잔해야겠다며 전의를 다지고 있었는데, 그도 잠깐, 나는 또 황망히 자리를 뜰 수밖에 없었다. 누가 구명 '되어야 하며', 누가 운영위원이 '되어야 하며', 누가 어떻게 어떻게 '되어야 하며', 그런 '되어야 하는' 말들 속에서 나는 또 멍하니 '2.3 민노당 임시대의원대회'를 떠올리고 있었다. 내가 잘못된 것일까? 무오류를 전제로 한 주장들. 자기 의도를 전체 공간에 내놓고 대중의 이해를 구하기보다 자기 사람들 물색하기를 즐기는 습성들. 이런 모습을 다시 대하기는 정말 싫다.

지난 금요일 우리 사무실에 근무하는 공익 요원 한 명이 판결 선고를 받았다. 징역 1년 6개월에 집행유예 3년. 죄명은 '강도상해죄'였다. 강도상해죄는 보통 징역 7년이고 집행유예도 없는데, 이 녀석한테는 법이 베푸는 최대한의 아량이 적용되었다고 했다.

그러나 그의 '강도'죄는 1년 전에 빌려주고 받지 못한 돈 5만 원을 가서 빼앗아 온 것, 그의 '상해'죄는 정말 뒈지게 맞다가 자기도 몇 대 때린 것에 불과했다. 사건이 경찰서에 있을 때, 피해자 측이 제시한 합의금 300만 원이 있었으면 기소도 되지 않았을 강도상해죄였다. 아니, 애초에 빌려주고 못 받은 돈 5만 원이 나의 5만 원과 같았더라면 더러워서 안 받고 말았을 그 돈 때문에 생긴 강도상해죄였다.

지지리도 못난 밑바닥 인생. 양친이 다 청각장애인이고 병원 신세까지 지고 있어서, 지금 사는 남의 집이 수용되고 나면 당장 길거리로 나가 앉아야 하는, 그 멀쩡하게 생긴 놈이 화창한 봄날에 채 피기도 전에 전과자가 되었다. 아, 정말 지랄같이 꽃이 피고 있다.

여기는 대한민국

앵커

어젯밤 부산의 한 아파트 옥상에서 10대 여학생 3명이 함께 뛰어내려 모두 숨졌습니다. 박○○ 기자가 취재했습니다.

기자

10대 여고생이 아파트 입구에서 주위를 살피더니 또래 여학생 2명과 만납니다. 이들은 함께 아파트 15층 옥상으로 올라갑니다. 어젯밤 10시 반쯤 18세 정 모 양 등 10대 여학생들은 아파트 옆 건물 5층 옥상에 떨어져 숨진 채 발견됐습니다. 아파트 15층 옥상에서 옆 건물로 뛰어내린 겁니다.

최초 목격자

위에서 쿵쿵 소리가 들려서 올라가 보니까 옥상 문이 잠겨 있더라고요. 아파트 경비실에 전화해 함께 올라가니까 또 쿵 소리가 나서 신고하게 된 거죠.

기자

경찰은 아파트 옥상에서 이들의 가방과 신발, 라면 등이 발견
된 점 등을 토대로 여학생들이 함께 추락해 숨진 것으로 보고 있
습니다. 특히 숨진 여학생들의 거주지가 대전과 부산인 점 등을 미
뤄 인터넷 자살 사이트 등에서 만났을 가능성도 있는 것으로 보고
조사하고 있습니다.

경찰

어떻게 만났는지 모르겠지만 뛰어내린 것은 확실하고요. 왜
뛰어내렸는지 어떻게 만났는지 조사할 겁니다.

_KBS 뉴스 '부산 아파트 옥상서 여고생 3명 투신 자살'(2012· 10· 31)에서 발췌

부산 어느 아파트다. 약속한 시각에 우리 셋은 만났다. 함
께 15층을 올라가서 옥상 문을 걸어 잠그고 우리는 여기서 최
후의 만찬을 준비했다.

가방에 가져온 소주와 라면은 나의 피와 살이다. 너희들
실컷 먹어라. 아래에 보이는 너희들. 저 불빛들. 십자가들. 선
거일 며칠 안 남은 선거캠프와 텔레비전 뉴스, 그걸 지켜보는
우리 엄마와 아빠. 그리고 선생님들. 당신들도 실컷 먹어라.
다만 열여덟 우리 몸에 걸쳤던 교복과 책가방, 우리의 흔들리
는 눈빛과 마지막으로 여기서 흘리는 눈물을, 낙하하는 바람

소리와 쿵 하며 부서질 몸뚱이와 함께 포르말린으로 박제해 너희들 대한민국의 심장에 꽂아두어라.

이것이 우리의 유언이다. 알아들었어? 말을 해. 들려? 너희들 들리냐고? 아, 아, 여기는 대한민국. 응답하라!

올림픽 종목과 협회의 문제. 나야 모르지. 에어컨 하위 2%가* 국가에 일체감을 가질 일이 없잖아. 우리나라가 메달 따는 게 나랑 무슨 상관이겠어. 나 살기도 힘든데. 그리고 이건 국가의 일도 아니잖아. 체육 엘리트 육성에 관한 일이지.

나는 몰라. 나는 양궁 협회가 훌륭하단 소리도 지금 들었고 그 협회장이 정의선이란 것도 기사 보고 알았어. 텔레비전도 없으니까. 하지만 내가 아는 정의선은 좀 다른데. 정의선은 현대차 정의선이잖아. 현대제철도 그가 하고. 불법 파견의 대명사. 얼마 전에 현대제철 불법 파견 패소하니까, 그러니까 파견으로 쓰던 직원을 정직원으로 채용해야 하니까 순천공장 직원을 당진공장으로 발령 냈어. 뭐가 훌륭하단 건지.

이 사람 사촌이 현대중공업 정기선인데. 그러니까 정의선

---

* 2024년 현재 우리나라의 에어컨 보급률 98%, 나는 에어컨이 없다.

은 정몽구의 아들이고 정기선은 정몽준의 아들이고. 할아버
지는 다 정주영이고. 그런 거지. 이쪽은 현대건설기계가 사
내하청 서진 노동자들 불법 파견으로 사용하다 위장 폐업했
고. 울산과학대도 청소노동자들 해고하고 고용 승계 안 해서
지금 10년 넘게 천막농성 중인데. 협회고 지랄이고. 메달은
무슨.

길을 잃기 바라

봄이 왔었다. 기나긴 겨울을 뚫고 광양에 하얀 매화가 피어났었다. 그리고 상사초등학교 교정 위로 분홍색 물감을 쏟아부은 벚나무 꽃잎을 바라보았다. 개구리가 산으로 올라가고 긴 장마가 왔다. 남쪽이라 그런가? 무거운 구름은 두 달 동안 꼼짝을 안 했다.

춘천 갔다 오는 길에 논산 근처에서 길을 잃었다. 두꺼운 구름 위에서 터지는 번개는 빛만 전할 뿐 소리는 구름에 갇혔다. 그리고 물이 쏟아졌다. 와이퍼가 최대 속도로 움직여도 앞이 전혀 보이지 않았다. 가드레일을 들이박지 않기 위해 자동차를 멈추어야 했다. 그사이 다른 차가 와서 들이받지 않기만을 바랐다. 언젠가는 지형이 달라져서 길을 잃었다. 강릉 살 때 겨울 오대산이었다. 눈보라가 그치자 걷고 있던 능선에서 길이 사라졌다. 새로 생긴 설원 위로 이번엔 햇살이 쏟아졌다. 그 위로 걷고 싶었다. 몸이 꺼지고 하얗게 얼어서 발견된다 해도.

다 지나고 이제 구름이 높다. 하늘엔 제비와 잠자리 떼가, 논엔 부쩍 자란 볏모 위로 약 치는 소리가 보이고 들린다. 나는 카페에서 존다. 한 열흘쯤 졸다 보면 이 여름도 가려나? 해고 노동자들이 추석맞이 김을 판다. 찾아서 사시라. 올림픽보다 중요할 텐데. 나는 당신이 길을 잃기를 바란다.

국가에 대하여

. . . .

역사를 거슬러 고려 시대 고려-몽골 전쟁 때(1231년), 왕은 강화도로 피신 가서 목숨을 건졌으나 전쟁 28년 동안 제 나라 인민은 부지기수로 죽었다. 전쟁 포로가 20만 명이었다니. 조선 시대 병자호란 때(1636년), 왕은 가족들을 강화도로 피신시켜 놓고 자기도 가려다가 못 가서 남한산성에 고립돼 항복했다. 단 1년 사이에 제 나라 인민 수십만 명이 죽었다.

다음 왕은 언제 또 자기네가 피난 가야 할지 모른다 싶어 강화 해협 주위에 군사시설을 만들었다지. 그중 하나가 월간 〈작은책〉이 소개한 광성보라는 것이다.* 그런데 자기네가 피난 갈 일은 없었고 이번에는 강화도로 프랑스와 미국이 쳐들어왔다. 병인양요와 신미양요가 그것. 군인들이 나가서 싸웠다. 죽었다. 특히 신미양요는 전쟁이 아니라 학살이었다. 미군이 3명 죽는 동안 조선군은 300명에서 400명 가까이 죽었

* 월간 〈작은책〉 2024년 2월 호, 박준성, '강화도 용두돈대와 손돌목'.

으니. 〈작은책〉에서는 조선 군인들이 '조총이 뚫지 못하도록 열세 겹 누비옷을 입고 진흙을 집어 던지면서' 싸웠다고 적었다. 왜?

오늘이 삼일절이다. 나는 이런 날이 국가와 민족, 제 집단에 대한 무모한 열정으로 변질되는 것을 경계한다. 왜 지배계급에 희생당하면서 지배계급을 위해 싸우는가? 계급의식이 결여된 공동체 의식은 죄악이다.

분노하는 게 애도다

하지만 화가 난다. 구조하지 못하는 나라라는 생각을 지울 수가 없다. 2014년 세월호. 2022년 이태원. 2024년 제주항공 참사. 한 걸음도 더 나아가지 못하면서 뭘 기억한다고. 뭘 애도한다고. 나라를 구성하는 것은 무엇일까? 그 안에 우리도 있다면. 우리도 다 같이 바보놀음에 빠진 것 같은 자괴감이 든다.

진정한 애도란 무엇일까? 지금이 나라를 위해 힘을 모아야 할 때라면. 우리는 분란 세력이 아니다. 국가는 나를 버렸지만 나는 국가를 구하기 위해 윤석열 탄핵 집회에 왔다는 사람도 있다. 지금이야말로 민중의례와 '임을 위한 행진곡'이 필요한 때다. 우리는 애도하기에 싸워왔다. 그저 애도하자는데. 사고 수습에 총력을 다 하자는데. 다 죽여놓고 이제야. 뒷수습밖에 안 남았다. '애도합니다' 하는 게 애도인가? 분노하는 게 애도다.

초진에 43분 걸렸다. 43분 동안 소방호스로 물만 뿌려대고 있었다. 생존자가 있을 가능성이 거의 없다. 유독가스와 화염에 휩싸였는데. 꼭 소방대원이 목숨을 걸고 들어가서 구출하라는 얘기가 아니다. 그러지 못하면 다른 대책이 있어야 할 게 아닌가. 그놈의 AI는 뭐 하고 로봇은 뭐 하나? AI는 사람 대신 작곡이나 하고 로봇은 사람 대신 갈비탕이나 나르나? 그러느라 전기 엄청나게 끌어 쓰고 핵발전소와 송전탑은 또 세워야 하고. 사람 생명도 구출하지 못하는 기술을 도대체 뭐에 쓰나? AI가 기체 결함도 수시로 점검하지 못하고 조류 충돌도 예방할 수 없다면 그거 뭐에 쓰냐고. 로봇이 화재 조기 진압하는 데 쓰이지 못하고 인명구조에 쓰이지 못하면 그거 다 뭐 하냐고.

다 헛지랄들이지. 아무도 못 구했잖아. 세월호나 이태원이나 지금 제주항공이나. 전문인력도 없고 첨단시설 장비도 없다. 시스템도 없다. 믿을 게 하나도 없는데 이대로 계속 생산하고 이용하고. 또 처음 일어난 일처럼 애도하고. 어제오늘의 일이 아니지만 이런 반응들 참 헛되게 느껴진다. 이중적이고. 표피적이고. 심지어 정치인들 하는 짓처럼 의례적이고. 내가 볼 때 우리는 분노가 부족하다. 사회적 분노가 많이 부족하다고. 선진국 시민이라 그런가? K-시민?

월성 핵발전소

경주에 여러 번 갔어도 월성은 처음이라고 생각했다. 월성을 당연히 핵발전 시설이 들어선 지역명으로 생각한 것이다. 가서 보니 지역명은 양남면이었다. 그럼 월성은 뭐야? 신라 궁궐터 유적지? 지형이 초승달처럼 생겼다고 이름 붙인 월성은 첨성대와 동궁과 월지, 그리고 전에 갔던 반월성화덕 피자가 근처에 있는 곳이었다. 핵발전 시설과 거리도 멀리 떨어져 있었다. 어디 가당치도 않게 핵발전소 앞에 월성을 갖다 붙였을까?

으리으리한 핵발전소 홍보관 앞에, 싸우는 곳이면 흔히 볼 수 있는 검은색 농성장이 차려져 있다. '이주대책위'는 이곳에서 10년을 쉬지 않고 한수원과 정부에 이주 대책을 요구해 온 것이다. 매주 월요일마다 상여와 관을 끌며 집회를 벌여왔다. 이주 대책? 뭐가 그리 어렵지? 대책은 돈 문제가 아니기 때문이다. 핵발전에 대한 부정적인 이미지를 심어주기 싫어서. '청정 원전'이 무섭다고 이사 가는 사람들을 보여주기 싫어서.

　요새는 웬만하면 10년이다. 답답해 보여도 이분들은 역사를 쓰고 있다. 탈핵의 역사를 쓴다. 그리고 우리는 연대의 역사를 쓴다. 하필 폭우가 아니었으면 두 배는 크고 근사한 집회가 되었을 것이다. 하지만 "이런 날씨에도 이렇게 많은 분이 와주시고" 말씀하시는 그분들 목소리에 감동이 실려 있다. 자신들이 쓴 역사를 눈앞에서 누군가 읽고 있으니 얼마나 기쁘겠는가? 그러니 읽어주시길. 사실 쓰는 데 10년이 걸렸으면 읽는 데도 10년은 걸리는 법이다. 아니면 50년? 100년? 나중에라도 읽을 것이다. 썼다는 사실에는 변함이 없고 언젠가 모두 읽게 되리라는 사실에도 변함이 없다.

새소리

어머니는 일제 강점기에 쓰던 가위를 돌아가실 때까지 쓰셨다. 중간에 뭐 하다가 날 하나를 부러뜨렸는데 그걸 동네 칼 가는 사람한테 갈아서 평생 쓰셨다. 내의 한 벌을 사다 드리면 입던 옷 다 떨어져 걸레로 쓸 때까지 장롱 서랍에 고이 모셔두고 꺼내지 않으셨다. 그러니 먹는 거 말고는 평생 뭐든 살 일이 없었다. 어머니 말고도, 시집올 때 가져온 거 평생 쓰다 며느리한테 물려주는 사람이 많았다. 그런데 나는 어찌 된 게 이 나이 먹도록 계속 뭘 사야 한단 말인가? 자잘한 건 그렇다 쳐도, 예를 들어 자동차 같은 건 하나 장만하면 평생 써야 할 텐데 그렇지 못하다. 세어보니 지금이 네 번째 자동차다. 사고로 폐차한 거 말고도 거의 쓸 수 없을 때까지 썼는데 그렇다. 고쳐 쓸 수 없는 세상이고, 뭘 자꾸 사지 않으면 어울려 살기가 곤란한 세상이 되었다. 아무튼, 그래도 될 수 있는 대로 적게 가지고 살아야 한다. 나이가 들수록 뭐든 적게 지니고 가벼워져야 한다. 돈과 물질뿐 아니라 이름도 마찬가지다.

지탱할 근력이 없으니 당연하다. 《나는 빠리의 택시 운전사》를 쓰신 분은 그 책 때문에 얻은 허명을 부끄러워하셨다. 별것 아닌데 대단한 것처럼 보인다고. 나도 오버하지 말아야지, 몸도 부실한데 무겁지 않도록, 딱 나만큼만 하며 살겠다고 다짐하고 걷는데 어디서,

찌르르르 쯔쯔쯔쯔 쩍쩍쩍 쩌쩌쩌쩌

쩌쩌쩌쩌 쩌쩌쩌쩌쩌 치르르 치르르 꾸꾸꾸꾸꾸 쵹 쵹 치르르르 르르르르 치우 치우 치입 치입 치입 치입 초로로로 로로로 쭈입 쭉 쭈르두르두르…….

소리 나는 곳을 찍어도 소리가 찍힐 리 없고. 이른 아침 새소리만 들어도 보청기는 참 잘했다는 생각이다. 부추꽃 위로 붕붕거리는 벌 소리, 습기를 찾아 낮게 나는 물잠자리의 날개 접는 소리마저 들리는 듯 착각이 일었다. 아침 산책길에 낮달맞이꽃, 분꽃, 나비바늘꽃, 두메별꽃이 다시 피었다.

생태

시내로 돌아오는 길. 순천은 생태를 표방하고 있어도 생태보다는 조경에 가깝다. 대신 나는 담양 관방제림을 생각한다. 조경이 생태가 아니고 자연이 생태다. 인간이 보기 좋은 대로 자르고 심고 화사한 볼거리가 생태가 아니고 방제 위에 심어진 푸조나무, 사백 년을 기대고 지지하며 서로 쉴 수 있어야 생태다. 관계도 그렇다. 못난 풀잎 하나라도 제멋대로 자라도록 봐줄 수 있어야, 병들고 아픈 몸 휠체어에 태우고 돗자리 까느라, 한 몸 누이기 위해 두 몸이 필요해야 생태다. 전시가 생태가 아니고 공존이 생태다. 우린 원래 한편이었으니 착한 척하지 말고 적을 제대로 겨눠야지. 네 안에 있는 적까지 자본주의를 몽땅 죽여야 생태다.

지리산 자락

비가 오고 나는 함양군 마천면 지리산 자락에 와 있었다
(2012년). 청주에서 환경운동을 하던 간디학교 학부모 부부가
내려와 있다. "귀농하려고 하는데 자리가 안 나서 1년 정도
펜션을 맡아 해 보게 됐다. 한 달에 월세로 100만 원을 낸다.
지금은 비수기다." 남편은 장작 패고 고사리를 따고, 아내는
면사무소에서 알바 뛰고 90만 원을 받는다. 어느새 제법 산
장지기처럼 수염이 덥수룩해진 남편은 그 유명하다는 마천
석에 마천흑돼지를 구워내느라 분주하다.

둘레길이 시작되는 곳. 앞에 칠선계곡이 보이고, 근처 용
유담에서는 오늘도 지리산 댐 반대 촛불문화제가 열렸다. 비
가 오고 바람이 분다. 평소 마을 어르신 10명 정도가 나오는
데 오늘은 17명이 오셨단다. 이렇게라도 해야 사람 사는 줄
안다는 마을 주민들과 용유담을 지키겠다는 환경운동가의
마음의 거리에도, 비가 내리고 바람이 분다. 제주 구럼비 바
위 위에도, 밀양 화악산에 심어진 영산홍 위에도 이런 비가

"

내리고 이런 바람이 분다.

절박한 것과 중요한 것 사이에는 언제나 거리가 있다. 주민은 절박한 것을 말하고 운동은 중요한 것을 말한다. 나는 무엇을 말하고 있나? 평택 쌍차에는 어떤 비가 내리고 있을까? 나도 안 갔는데 거기에도 많은 사람이 왔을 리 없다.

근처 실상사작은학교로 넘어가니 전라북도 남원이다. 2년 전 생태 마을에 집을 짓고 정착한 또 다른 간디 학부모 부부가 살고 있다. 행정구역만 다르지 차로 10분 거리다. 같은 지리산 자락에 모여 사니 굶어 죽진 않겠구나, 쓸데없는 생각을 한다. 주위에 멋지게 지어진 생태 마을 집들이 즐비하다. 건물 평당 700만 원에서 1,000만 원 정도가 든다는 통나무집들. 이런 통나무를 잘라 집을 지으면 대체 누구한테 생태란 말인가? 우리는 어디를 보고 사는가?

비가 오고 막걸리가 있고 김치전이 있었다. 나는 하필이면 지리산 자락에 있었다. 아침부터 술 마시는 일밖에 다른 것을 할 수 없었다. 내가 무어라고 다른 걸 할 수 있단 말인가? 비가 오고 바람이 불고, 피곤했는지 종일 자고 일어난 아침. 비가 개었는데, 그제 어제 하나도 잘못한 게 없는데, 왜 이리 허탈할까?

중간이 죽었다

대동이를 묻고 얼마 후 대동이처럼 아프던 하양이 사라졌다.* 죽었니? 걱정했던 꼬리는 다행히 회복하고 있었다. 병원에서 약까지 사다 먹였다. 하지만 그전에 사라졌던 옐로우와 다크는 어디 갔는지? 형제 중 제일 약했던 꼬리만 남아서 안쓰러웠는데 늙은 왕초가 새끼 세 명을 또 데려왔다. 어디서 낳았을까? 하지만 이렇게 추운데? 걱정되는 '조'는 집을 여러 채 지어주고, 담요를 수거해 깔아주고, 비닐로 최대한 바람을 막아주었다. 출산드라 왕초에게는 매번 닭가슴살을 데워 먹였다. 언니한테 얻은 영양제를 섞어주며 지극정성으로 돌보았다.

새끼들 덕분에 마당은 다시 활기를 되찾았다. 반반, 짙은, 중간이라 이름 지었다. 그게 얼마 되지 않았는데 반반이 갑자기 사라졌다. 짙은이 잠시 아프다 사라졌다. 그리고 오늘,

* 대동이, 하양, 그리고 꼬리, 옐로우, 다크, 왕초, 반반, 짙은, 중간, 왕투는 모두 집에서 밥 주는 길냥이들 이름이다.

셋 중 제일 활기차던 중간이 집에서 죽었다. 어제는 찬 바람이 불었다. 중간은 엄마와 한 뼘 정도 떨어진 거리에서 혼자 오돌오돌 떨고 있었다. 그러다 천천히 집으로 들어갔다. 아기답지 않게 느린 걸음이었다. 이제 왕초에게는 같이 늙어가는 왕투와 장성한 꼬리만 자식으로 남았다. 그 많던 자식들은 다 어디 갔을까? 바람이 데려갔나? 어둠이. 온도가. 초롱초롱한 눈망울이 그렇게 짧을 수 있다는 게 믿어지지 않는다.

사람들 안 볼 때 묻는다고 늦저녁에 땅을 팠다. 너희는 몇 도의 밤을 보내고 있니? 체감하는 온도가 다르면 다른 언어를 쓴다고, 온도가 계급이고 종족이라고 쓰고, 묻는다.

변화

이제 이 공간은 저 아홉의 주거지가 되었다.* 우리로 치면 점유와 함께 전입신고까지 마쳤다. 확정일자도 받았다.

그러자 이제까지 이 집의 주인 노릇을 하던 왕초가 방을 뺐다. 왕초는 자신의 딸인 꼬리가 여섯을 낳자 얼마 지나지 않아 가장의 지위를 꼬리에게 양도하고 집을 나갔다. 그러고는 빌어먹는 객식구처럼 아침저녁으로 한 번씩 와서 얌전히 사료만 먹고 사라진다. 이제까지 자기가 먹던 생선 캔이나 닭고기는 당연히 저 아홉이 먹고 왕초는 넘보지 않는다.

사료를 많이 갖다 놓으면 그릇마다 침을 묻혀서 남들도 못 먹게 하던, 구내염을 앓던 골칫덩어리 발싸개도 더는 오지 않는다. 아홉이 먹어야 하는 그릇을 더럽히면 안 된다고 그들의 법이 강제하고 있는 것처럼 보인다. 접근금지 가처분이겠다.

---

* 아홉은 꼬리와 꼬리의 새 형제인 아아, 뜨아, 그리고 꼬리가 낳은 여섯을 말한다(여섯은 똑같이 생겨서 아직 이름을 짓지 못했다). 왕초, 꼬리, 발싸개, 아아, 뜨아, 여섯은 역시 집에서 밥 주는 길냥이들 이름이다.

아홉이라 했으나 사실은 그중 여섯 아이의 탄생과 관련된 변화다. 아이들 엄마인 꼬리와 그 형제인 아아, 뜨아에 대해서는, 그들이 있을 때도 왕초가 왕 노릇을 했고 발싸개가 분탕질을 쳤으니 말이다.

그러니까 어린 생명 여섯이 갑자기 태어났다. 여기는 유한한 공간이다, 식량도 제한적이다, 여기서 여섯을 살리기 위해서는 우리가 비켜야 한다, 하고 종족보존위원회의 회의 결과가 나온 것이다. 의장은 분명 유전자다. 유전자의 명령을 우리는 본능이라 부른다.

유전자라 하든, 본능이라 하든, 저들은 종족의 이익을 위해(전체를 위해) 어린 것들을 최우선에 두어 배려하고 양보한다(약자를 보호한다). 그게 신비롭게 느껴지는 이유는, 인간은 지금도 마치 유전자의 명령을 따르지 않는 것처럼 약한 자를 죽이고 강탈하기 때문이다. 나는 때로 인간의 의지가 본능보다 못하다고 느낀다.

시인의 강연

이 시인의 삶이야 내 익히 아는 바지만 그의 얘기를 듣는 간디 학생들은 어떤 생각을 하고 있을까? 강연을 들으면서 힐끔힐끔 아이들의 표정을 살피게 되는 것이다. 그러다 보니 교사들의 표정도 눈에 들어왔다.

아이들은 지루해했다. 자기와 상관없는, 시인이라 하더니 순 데모꾼인 이 사람. 대단하고 존경스럽기는 하지만 전혀 내 얘기 같지 않아서 공감이 안 되는 그런 눈치였다. 교사들은 대개 고개를 숙이고 있었다. 미안하기도 하고 부끄럽기도 하고, 그리고 아이들의 세계와 관련해서 여러 가지 생각이 드는 듯 표정은 복잡하고 어두워 보였다.

"이게 여러분이 곧 맞이하게 될 현실입니다. 미안하지만 여러분은 거의 다 노동자로 살아갈 것이고, 그래서 이것은 바로 여러분의 얘기가 될 것입니다." 시인이 말했다. 순간 강의실에는 팽팽한 긴장감이 흘렀다. 막연히 남의 얘기로 듣고 있던 아이들이 갑자기 뒤통수를 얻어맞은 듯 일제히 앞을 응시

했다. 하지만 곧 아이들은 풀어졌다. 원래의 모습으로 돌아가는 데 시간이 많이 필요하지 않았다. 시인은 이 모습을 또 어떻게 봤을까?

정리해고는 곧 살인이라는 생각, 비정규직의 정규직 전환을 위해서 파업을 해야 한다는 생각은 최소한 대다수가 정규직 노동자였던 시대적 경험에서 출발한다. 열심히 한 직장에 다니면 결혼하고, 애 키우고, 부모 봉양하고, 나중에 작은 아파트라도 하나 마련할 수 있었던 시절. 거기서 해고당하거나 비정규직으로 전락하는 것은 이 모든 삶의 계획의 완전한 박탈을 의미한다. 그래서 삶의 기반, 인간의 존엄을 지키기 위해서 싸워야 한다는 결론은 자연스럽다.

하지만 이것은 이미 아이들의 경험이 아니다. 아이들은 월수입 100만 원 정도의 불안정노동, 갖가지 아르바이트를 자신의 숙명처럼 받아들이던 경험에서 출발한다. 지금의 아이들은 졸업 후에 취업 자체가 어렵다. 고정적인 수입이 없다. 이들에게는 결혼하고 애 키우고 부모 봉양할 생각, 자기 힘으로 나중에 집 한 채라도 장만할 생각, 아니 엄두? 생각이든 엄두든 그런 것 자체가 없다. 불가능하기도 하고, 또 한편 그렇게 살고 싶어 하지도 않는다. 불가능해서 꿈꾸지 않는 건지, 아니면 그것과 무관하게 다른 길을 꿈꾸게 되었는지는 확실치 않다. 어쨌든 이들은 좀 다르다. "안정적인 노예가 되기 위해서 그렇게 싸워야 하는가? 차라리 그 자격을 처음부터 박탈당한 게 낫지 않을까?" 하면서 냉소적으로 웃는다.

　월급의 대부분을 옷 사는 데 쓰면서 허허껄껄 폼 잡으며 거리를 활보하는 아이들. 일터에 돌아가기 위해 머리띠를 묶는 노동자와 애초에 그럴 생각이나 엄두가 없는, 꿈이 그게 아닌 우리의 아이들이 불안하긴 매한가지인데, 그래도 내가 보기에는 아이들이 더 강해 보인다. 기분 탓인지도 모른다. 간디학교에 송경동 시인이 다녀갔다.

대안적인

대안이 대세였던 시절이었다. 착취 자본주의에 맞서 대안을 살자는 것. 스스로 살고 삶의 방식을 확산하자는 것. 이것이 무기를 들고 싸우는 계급전쟁의 유일한 대안처럼 여겨지던 시기였다. '반-자본주의적' 혹은 '비-자본주의적'이라는 레토릭을 앞에 붙이고 살던 시기. 협동조합을 필두로 대안학교와 민중의 집을 비롯한 거점, 그리고 여러 이름의 공동체 운동들이 있었다. 이들은 거의 다 지리멸렬했다. 없어졌거나, 쪼그라들었거나, 그대로 유지되고 있는 곳은 정체성을 잃었다.

결국, 필요한 건 대안적인 형식이 아니라 대안적인 내용이었다. 그리고 대안적인 내용이면 굳이 대안적인 형식이 필요한 것도 아니라는 각성이 뒤따랐다. 하지만 현실이 어디 그런가? 주식회사를 두고도 민주적 운영이 가능하다 해도, 공교육에서도 대안적인 교육을 할 수 있다 해도, 사람들은 언제나 새로운 깃발을 원했다. 그래야 할 맛이 난다고 했다. 그 밥에는 그 나물이니까.

　그러면 대안적인 형식과 대안적인 내용이 다 필요했었나? 대안 운동이 대안적인 내용을 충실히 견지했다면 성공했을까? 그건 아마도 구성원의 욕망에 따라 달랐을 것이다. 그리고 확산을 원한다면 외부의 다른 사람들 욕망까지 고려해야 했을 것이다. 어쩌면 사람들은 대안적인 형식에 끌렸을 뿐 대안적인 내용까지 바라지는 않았을지 모른다. 여전히 성장해야 하고. 경쟁에서 이겨야 하고. 원내 진입해야 하고. 폼은 나지만 너무 힘들지는 말아야 하고. 투쟁 없이 반-자본주의로 가야 하고.

　나는 결국, 대안은 우리가 준비될 때까지 작동하지 않으리라 본다. 그러다 언젠가는 다른 이름으로 슬쩍 우리가 바라던 세상이 올지도.

교실 이데아

학교마다 '미친개'가 있었다. 내가 다닌 중학교의 미친개는 수학 교사였는데 50cm 제도용 자를 들고 다니며 학생들을 때렸다. 수업 중에 불러내 칠판에서 문제를 풀게 한 후 틀리면 때렸다. 손바닥을 때리면 평범하니까 손등을 때렸는데, 학생들이 더 무서워하는 모습을 보고 싶었는지 종종 자를 세워서 때렸다. 손가락이 부러지지 않게 조절해서 때렸겠지만 맞는 학생이나 그 장면을 지켜보던 학생들은 극도의 공포심과 함께 그의 야비한 웃음을 평생 기억해야 했다.

고등학교 1학년 때 담임을 했던 국어 교사는 내 눈에 근심이 많다고, "넌 새끼야 왜 이렇게 표정이 어두워?" 하면서 때렸다. 2층 교실에서 때리기 시작해서 1층 교무실로 끌고 가는 내내 때렸다. 남녀공학이었는데 3층에서 내려오던 여자 학생들이 그 장면을 봤다. 나는 맞으면서도 가오가 무너지는 게 너무 속상하고 쪽팔렸다. 당시 나는 가오로 살고 있었다. 죽고 싶은 이유가 수도 없이 많았지만. 그랬다. 어떤 생물 교사는 자기 수업 시간에 영어책을 본다고 나를 불러내서 따귀를 때렸다. 물러서지 못하도록 한 손으로 한쪽 뺨을 잡고 다른 손으로 다른 쪽 뺨을 때렸다. 입안이 터져서 피가 흐르는 걸 보고서야 나를 교실에서 쫓아냈다. 평소 자기가 서울대를 수석으로 졸업한 사람이라고 자랑처럼 말하던 사람이었다. “어디서 내 수업을 무시해!” 고함치는 소리가 등 뒤로 들렸다.

교사들은 교실의 왕이었다. 좋을 땐 인자하다가 수틀리면 폭군으로 변하는 왕. 학생들은 왕의 비위를 건드리지 않으려고 비굴하게 눈치를 살피며 기었다. 공부를 가르쳐 준다고 때렸고, 생활지도를 한다고 때렸고, 심지어 자기 자존심을 지키려고 때렸다. 왜 공부를 못하는지, 왜 표정이 어두운지, 왜 죽고만 싶은지는 관심도 없었고 사실 관심을 가질 능력도 그들에겐 없었다. 그랬다. 그들과 나는 일찌감치 서로를 무시하고 포기했다. ‘너는 그렇게 살아라. 나는 내가 알아서 살게.’ 이런 마음으로 독하게 버텨내지 못했더라면 지금의 나는 존재하지도 않았다.

당연하게도 나는 교사의 전인적 능력을 믿지 않는다. 그 역할을 바라지도 않는다. 교사가 하는 체벌이라고 다르게 해석될 이유가 전혀 없다. 수업권을 위한 체벌이라고? 그것도 그냥 폭력일 뿐이다. 일그러진 교실의 폭력.

수능일에

내가 아는 어떤 사람이 시험을 잘 보기를 바라는 것은 단지 내가 모르는 사람이라는 이유로 다른 어떤 사람들이 시험을 망치기를 바라는 마음과 같다. 경쟁이기 때문에. 감춰진 말 '누구보다'가 시험을 잘 보라는 말에는 핵심이고 의미 있는 유일한 말이기 때문에. 전체인 우리에게 시험을 잘 보라는 말은 시험을 못 보라는 말과 완전히 같은 뜻이다. 기도는 저주가 된다. 이 제도, 이 체제를 그대로 둔 채 수능생들 모두에게 시험을 잘 보라는 말은 덕담이 아니고 파렴치한 말이다. 이 기회에 자기 물건이나 팔아먹겠다는 장사치들, 결국 같은 짓이지만 자기 이름이나 팔아먹으려는 정치인들이 하는 짓이다. 수능일에 할 일은 오직 부끄러워하는 일. 1년에 십 대 청소년 250명이 자살한다지? 이것 때문에? 오, 세상에! 그래도 이런 세상을 바꾸겠다는 생각은 꿈도 꾸지 못하고 윤석열이나 물고 늘어지는 자신을. 오늘은 부끄러워하자고.

운동을 묻는다

이따금 운동이 뭐냐고 묻는다. 누군가 넓은 공유지에 퇴비를 주고 언제 어디선가 씨앗이 날아들어 싹이 트면 다른 사람들이 몰려들어 작물이 잘 자라도록 비료를 준다. 운동이 조직일 때는 퇴비를 주고 씨앗을 심고 비료를 주는 게 같은 사람들이었다. 계획을 세우고 실천하고 결과에 대한 점검이 가능했다.

하지만 이제는 퇴비를 주겠다는 사람도 없고 씨앗을 심겠다는 사람도 없다. 사실 어떤 씨앗을 심어야 하는지도 모른다. 단지 '우연히' 싹이 트면 거기에 몰려들어 비료를 준다. 잘 되면 혁명이나 운동을 가져다 붙인다. 촛불혁명. 미투운동. 하지만 그 '우연히' 속에는 남들이 떠났어도 묵묵히 퇴비를 주던 손길이 있다. 같이 하는 사람이 적어서 티도 나지 않고 오래된 일이라 작물과의 연계도 찾기 어렵다. 그러나 날아든 씨앗이 싹을 틔웠으니 그전에 누군가 퇴비를 주었다. 운동은, 이처럼 언제 어디서 날아올지도 모를 씨앗을 바라고 퇴비를 주는 일인가? 허무하지만 현실인 거 같다. 하지만 공유지가 이렇게 넓은데, 지금이라도 같이 퇴비를 주는 게 당신에게도 좀 더 유리하지 않을까.

단 한 사람

단 한 사람 지켜보는 사람이 있으면 아무리 긴 줄이라도 설 수 있는 거예요. 자기 순서를 기다릴 수 있어요. 아무리 춥고 외로워도. 한 달에 한 번 하는 문화제를 몇 년이나 할 수 있는 거예요. 고공의 두 사람도 버틸 수 있어요. 지켜보는 사람이 있으면. 다른 두 사람도 그곳으로. 거리를 걸을 수 있고요. 아무리 하퀴벌레라도 투쟁을 계속할 수 있어요. 보이지 않아도. 지켜보는 사람이 있는 게 확실하다면. 당신이 지켜보니 나도 바보짓을 계속하는 거예요. 아니 이미 바보짓이 아니죠. 당신이 지켜보니.*

* 2024년 11월이다. 한 달에 한 번 하는 문화제는 군산 하제마을에서 열리는 팽팽문화제다. 고공의 두 사람은 한국옵티칼하이테크의 박정혜, 소현숙이다. 그곳으로 거리를 걷는 다른 두 사람은 희망뚜벅이를 하는 김진숙, 박문진이다. 하퀴벌레라 불리며 투쟁을 계속하는 사람은 거제통영고성조선하청지회 동지들이다. 하퀴벌레란 하청 바퀴벌레라는 뜻으로 한화오션 원청 노동자들이 거제통영고성 하청 노동자들을 비하하여 부른 말이다.

3장

나는 꽃이 없어도 외롭지 않고 당신은 잎이 없어도 충분하게 아름다워. 아프지 않아. 그러니 죽지 마. 삶을 살아낸 자의 무게로만 연대와 환대를 말할 수 있으니.

사 랑

동행

기분이 착잡하다. 뭘 한 건가 싶고. 다른 건 아니고 그냥 내 문제다. 나라는 인간. 뭘 해도 그리 단순하지 않고. 하지만 단순하고. 텅 비었고. 아니 그러고 싶은. 그래서 남의 말 잘 듣지도 않고. 세상에 별 관심이 없고. 평생 운동-투쟁-연대-활동? 뭐 이런 언어들과 가까이 있었지만 한 번도 그 느낌을 충만하게 가진 적이 없다. 늘 어중간하고 망설이는 나를 보고 주례 섰던 교수는 내가 '중심을 잘 잡는다'고 했다. 이상하게 그 말이 계속 기억에 남는다. 그런 내가 지금의 나를 더 힘들게 하는지도 모른다.

어느 순간부터 나는 무언가를 해낼 수 있다는 가능성과 그걸 해내고 싶다는 욕망을 동시에 버렸다. 남들도 주저앉히고 싶지 않아서 되도록 티는 내지 않으려 했지만. 의미가 없었다. 겨우 내가 할 수 있는 일은 고마운 사람들, 따뜻한 사람들, 아픈 사람들, 그게 복수가 아니라 단수라 해도 그(들)에게 애정을 주는 일이었다. 그것만이 의미가 있었다. 그리고 스스로 그렇게 살았다고 생각했다. 그게 내 삶을 정직하고 충만하고 후회 없이 만드는 일이라고. 하지만 결국은 그게 가장 힘든 일이었다.

오늘 6일 차 동행을 마치고* 서울에서 아들과 비싼 저녁을 먹었다. 홍어삼합. 존나 고급짐!! 다시 내려가야지. 다시 빨래 돌리고. 베란다에서는 잘 안 마르니까 안에다 널고. 맛있는 빵과 커피 사다 먹고. 슬슬 걸으며 다리 근육 풀고. 그러고 사는 거지. 삶은 누구에게나 힘들고 누구에게나 딱 그만큼의 가치를 지닌다는 것을. 이 시간 소리 없는 모든 이들의 삶의 무게에 기대어 나도 산다. 인간을 인간적으로 만드는 가장 중요한 지점은 각자가 고유하고 특별한 역사를 갖고 있다는 것, 누구나 자신만의 흔적을 남긴다는 것, 비록 다른 이들을 위해 특별히 헌신하지 않아도 누구나 존엄할 권리가 있다는 것이다.

* 2021년 2월 한진중공업 해고 노동자 김진숙 복직을 위한 희망뚜벅이.

상사화

어제, 잎이 피면 꽃이 피지 않고 꽃이 피면 잎이 피지 않아서 잎은 꽃을 생각하고 꽃은 잎을 생각한다고, 그렇게 서로를 생각한다고 상사화相思花라 이름 지었다는 팻말을 봤어. 추우니까 잎이나 꽃은 없었지만. 나는 뭐가 더 사랑일까 묻고 있었어. 사랑이 익숙함이나 안정감이라면 비-상사화가, 하지만 그게 그리움이나 기다림이라면 상사화가 더 사랑이겠다고 생각했어. 그럴 때 사랑은 아플 수도 있다고. 그런데 아침에는 다른 생각이 들어. 그 둘은 서로 부족하지 않은 존재일지 모른다는. 잎과 꽃의 이야기. 나는 꽃이 없어도 외롭지 않고 당신은 잎이 없어도 충분하게 아름다워. 아프지 않아. 이게 더 사랑이 아닐까. 그러니 죽지 마. 삶을 살아낸 자의 무게로만 연대와 환대를 말할 수 있으니.

조건 없는 사랑

내가 다니던 고등학교는 당시에는 매우 드물게 남녀공학이었다. 남녀공학이라 해도 한 교실에서 공부했던 건 아니고 2층이 남학생, 3층이 여학생이었는데, 체육과 교련 시간에 운동장을 같이 썼고 방과 후에 독서실을 같이 쓰는 정도였다. 2학년 때일 거다. 학교에서 경주로 수학여행을 간다고 했다. 어머니한테 따로 부담을 드리기도 싫었지만, 그보다는 내가 좋아하던 여학생이 수학여행을 안 간다는 정보를 입수했다. 더구나 수학여행을 안 가는 애들을 한 반에 따로 모아서 보충수업을 시킨다니 내가 집에다 수학여행 애기를 꺼낼 이유가 없었다. 그 애랑 같이 한 교실에 있을 수 있는데 뭐 하러 경주까지 가서 돌무더기나 보고 온단 말인가.

그 애와의 만남은 오래 가지 않았다. 종로2가, 종로학원 옆 분식점에서 교외 지도반에 걸린 이후(당시에는 남녀 학생이 같이 빵만 먹어도 단속대상이었다) 그 애는 나에게 이별을 통보했다. 하지만 그 후로도 오랫동안, 남자라는 것들은 다 그런가, 나는 막연히 운명 같은 새로운 사랑을 상상할 때마다 속으로 그 애를 떠올렸다. 그리고 그 애를 페북에서 만났다. 이름을 바꿨지만 프로필 사진의 눈을 보고 그 애라는 걸 알 수 있었다. 하지만 그뿐. 서로를 확인하고 한 줄 인사를 나눈 후 나는 페친을 끊었다. 30년 세월이면 많은 걸 겪는다. 그 애는 이 자리에 없고 그때의 나도 이제는 없다.

조건 없는 사랑을 원했던 적이 있었다. 많은 실수와 부끄러움을 낱낱이 가지고 있어도, 있는 그대로 나를 안아줄 사람을 원했고 나 또한 그러하기를. 그게 사람이든, 신이든, 신념이든 그런 대상과 함께하기를 평생 바라고 그리워했다. 그러다 보니 술만 늘었다. 내가 바란 것은 술이 아니었으나 그 자리를 나름대로 술이 메워주었다. 그리고 오늘처럼 바람이 그쳤다. 바람이 그치고 하늘이 차가워졌다.

나는 왜 이소라가 좋을까?

'나가수'(2011년)에서 이소라와 임재범의 분위기에는 사람을 끌어들이고 강하게 동의하게 만드는 무언가가 있다. 흔히 카리스마, 포스, 내공 이렇게들 말하는 흡인력이, 보는 사람으로 하여금 꼼짝 못 하고 앉아서 그들이 내보내는 메시지를 무방비로 받아들이게끔 한다.

피곤하고 약간 어두운, 깊은 슬픔이 배어 있는 듯 비타협적이고 초월적인 느낌을 주는 그들의 음색과 표정은 아등바등 이기려고 애쓰는 '밝고 가벼운' 다른 가수들과 많이 비교된다. 하긴 감동 없는 인생이 세상에 어디 있으랴. 다만 표현되지 못할 뿐이다.

가끔 이런 생각을 한다. 노래도 그렇고 영화나 소설도 그렇고, 결국 자기가 가진 무언가를 이런 수단들을 통해 표현하고 전달하는 것뿐이라고. 그래서 내면이 초라하면 아무리 표현을 잘해도 결국 초라한 모습만 전달될 뿐이라고. 노래는 잘하는데 감동이 없는 건 바로 이런 이유 때문일 거라고.

나는 왜 이소라가 좋을까? 샤론 스톤 자세로 'No. 1'을 부를 때, 짧은 비명으로 일탈했다가 이내 심연으로 안착하는 그녀의 날숨은 너무 깊어 아름답다. 남들 겪는 아픔과 상처가 있었으리라. 하지만 이처럼 낱낱이 간직하고 있기란 쉽지 않다. 진정으로 순간을 사랑했던 사람만이. 객체의 경박함에도 불구하고 운명을 소중하게 흡수하고 싶었던 사람만이. 헛소리인가? 아무튼, 그렇다. 남자라는 동물이 같이 살기에는 버겁겠지만 여전히 사랑이 중요한 사람에게는 너무나 매력적인.

워리, 월.E

여태 나를 여보나 당신으로 부른 적이 없고 흔히는 오빠, 요즘은 더 자주 '워리'라고 부른다. '워리'는 멸망한 지구에 탐사 나온 최첨단 로봇 이브가, 자기를 지키겠다고 나서는 어이없는 고물 로봇 월.E(애니메이션 캐릭터)를 사랑스러운 느낌으로 부를 때 내는 소리다.

아침 6시에 일어나서 짐짝처럼 밀리는 지하철 2호선을 타고 출근했던 성수동 공장. 미국과 캐나다로 수출하던 설상화에 깔창을 끼워 넣던 조립라인의 컨베이어 벨트. "야, 이 새끼! 쌍년!" 욕설과 구타와, 단단히 잠긴 기숙사의 철문과 잠 안 자고 버티던 타이밍 약과, 또 그 레코드판 껍데기를 만들던 지하 공장의, 손가락 숭덩 자르던 절단기와 그래도 커피 내기 고스톱을 치던 노동자들과, 야근을 마치고 와서도 기어이 내가 정한 진도를 나가겠다고 토익과 'vocabulary 22000'을 펼치던, 절단기보다 독했던 스물여섯의 나.

"워어리?"

"워리이!!"

80년대 공장은, 나같이 비루한 도시 빈민 출신에게는, 운동이나 체험이 아니라 어떻게든 대학을 졸업해서 신분 상승의 기회를 잡아보겠다는 필사의 노력이었다. 처음부터 내가 바라던 세상과 내면의 실천적 노력은 이렇게 서로를 배반하고 있었다. 지금 나는 어디에 서 있는가? 왜 이렇게 갑자기 울고 싶어지는지 모르겠다.

"워어리?"

"워리이!!"

오늘같이 우울한 날에는 더 자주 '워리'라고 불러준다. 그러면 나는 '개도 아닌데' 이상하게 기분이 좋아진다. 워리워리워리워리.

누디즘 개론

옷은 예로부터 신분과 직업의 서열을 표시해 왔다. 왕이 입는 옷과 신하가 입는 옷은 달랐다. 선비는 가난하더라도 반드시 의관을 갖춰 입어서 못 배운 것들과 자신을 구별했다. '헐벗었다'라는 말은 가난할 뿐 아니라 신분도 낮았음을 의미했다. 지금도 판사는 법복을 입어야 권한을 행사할 수 있다. 그렇지 않아도 사무직과 생산직 노동자의 옷이 다르고, 남자와 여자의 옷이 다르고, 얼마 전까지만 해도 학생과 학생이 아닌 사람이 입는 옷이 달랐다. 옷은 구별인 동시에 구별된 대로 사람을 관리하겠다는 사회의 통제 시스템이다. 그런가 하면 옷은 문명과 비문명을 가르고, 옷의 문명은 옷 안에 감춰진 것을 수치이자 부끄러움으로 인식하게 하였다. 부끄러움은 상업적으로 빠져나와 맥락 없는 노출과 관음증, 음란이 되었다. 이 모든 표상에 저항하고 싶다는 생각, 나는 옷으로 정의되지 않는다는 생각, 모든 몸은 있는 그대로 존귀하다는 생각이 누디즘의 바탕에 있다고 본다.

송광사

송광사를 걸었다. 송광사는 식당가에서 절에 이르는 산책로가 좋다. 조계산에서 내려와 일주문과 경내 사이를 흐르는 계곡도 아름답다. 조계산. 구빨치. 1948년. 여순. 선암사에서 송광사로. 조정래. 태백산맥. 이런 단어들을 떠올린다. 경내에는 볼거리가 별로 없다. 죄다 스님들 수행이라 출입금지 구역이다. 그래도 대웅전에 가서 석가모니불에 엎드리고 지장전에 가서 "지장보살, 지장보살"을 읊조린다. 지옥 중생 구제를 위해 성불을 포기한 지장보살은 민중, 변증법, 혁명 따위를 표상하여 나랑 캐릭터가 겹친다. 제발 업장을 소멸시켜 달라고 연거푸 절을 올린다.

예수나 부처나 보살이나 다 인격체가 아니라 해석이다. 사랑이라는 단어만큼 스펙트럼이 넓은 관념이자 추상. 그래서 어떤 예수를 믿느냐가 중요하다. 너에게 예수란 무엇이냐? 부처는? 보살은? 혹은 사랑은, 인생은, 역사는 너에게 무엇이냐고 아직도 스스로 묻는 사람은 끊임없이 추상을 해석하고 그것에 귀의한다. 불교를 좀 더 아는 사람은 "지장은 그게 아니고 사실은" 하며 아는 체를 할지도 모른다. 하지만 그래 봐야 저도 배운 거고 그것도 해석이다. 나는 나의 해석을 남에게 맡길 생각이 없다.

날이 너무 화창해서

점심을 싸 오지 않았다. 오늘은 콩나물국밥을 먹기로 했다. 국밥집은 사무실에서 걸어서 10분 거리 LH(한국토지주택공사) 본사 앞에 있다. LH는 진주 혁신도시에 들어선 가장 큰 공공기관이다. 김천 혁신도시에 들어선 한국도로공사보다 크다. 걸어가는 길. 화창한 날씨. 나는 조금 전부터 이상 증세를 느끼고 있다. 불안하고 허전하고, 이유를 알 수 없는 이질감에 몸을 휘청거린다. 눈을 똑바로 뜨려고 애쓴다. 숨을 후후 내쉰다. 우울증약을 끊은 지가 좀 돼서 그런지도 모른다. 아니면 내일 강릉에 가서? 뭔가 놔두고 떠나는 느낌에 속이 울렁인다.

거리에는 주위 공공기관에서 쏟아져 나온 직원들이 목에 사원증을 차고 다닌다. 저걸 왜 차고 다니지? 내가 다니는 회사도 공공기관이지만 직원들이 좀 개기는 성향이 있어 그런지 밖에서는 차지 않는다. 목에 걸고 나왔어도 얼른 왼쪽 셔츠 주머니에 넣거나 여자들은 스웨터 안으로 넣어 보이지 않게 한다. 이상하지 않은가? 왜 이름표를 차고 다니는가? 콩나물국밥집에도 사원증을 목에 찬 사람들이 많이 앉았다. 여러 명이 와서 국밥 하나씩에 계란말이나 만두, 오징어숙회 같은 것을 하나 더 시켜서 나눠 먹는다. 나처럼 혼자 와서 먹는 사람들도 보인다. 하얀 셔츠에 앞치마를 두르고 먹는 사람은 꽤나 옹졸해 보인다. 국밥이 튀면 얼마나 튈 거라고. 나는 밥이 부족하면 더 떠다 먹어야지 생각했는데, 쌀값이 올라서 공깃밥 추가는 500원이라고 벽에 붙여놨다. 전에는 공짜였는데 500원을 더 내라니. 그래서 포기하는 내가 더 옹졸해 보인다. 옆자리에 한 여자가 와서 콩나물국밥 하나에 소주 한 병을 시킨다. 아무렇게나 입은 추리닝 차림이다. 소주잔 하나에 소주 한 병이 먼저 나오고. 국밥이 나오자 두어 숟가락 국밥에 소주 한 잔씩을 마신다. 그 모습이 너무 안-옹졸해 보여서 자꾸 눈길이 간다. 밤샘 작업을 마친 웹툰 작가일까? 멋대로 생각하고. 4천 원을 계산하고. 다시 휘청거리며 거리로 나온다.

맞은편에서 제법 살이 찐 남자 하나가 걸어온다. 다리가 11자보다 조금 X자에 가까울 정도로, 발은 떨어져 걸어도 무릎은 스치며 걷는다. 묘한 매력이 있다. 나는 약간 O자형이라 걷는 게 예쁘지가 않다. 어릴 때부터 무릎 아래를 잘라 다시 붙이면 어떨까 생각했다. 심장이 다시 두근거린다. 어지럽다. 날이 너무 화창하다.

하지 않기.

말. 일. 운동.

기억. 후회. 생각.

슬퍼. 아파. 죽고 싶어.

기대. 실망. 반복. 다시 시작.

사랑. 섹스. 욕망. 약속. 부탁. 불안.

분노. 비관. 상심. 너무 우울.

전화. 문자. 뭐든 노력.

이해. 관계. 계획.

척. 잘. 함께.

아무것도.

연극

모든 것은 지나가는 법이다. 현명한 사람들은 처음부터 이 사실을 알고 있어서 어떤 일이 일어나도 실망하지 않는다. 나도 알고 있었다. 모든 것은 지나간다. 단 한 가지만 빼고. 그녀는 영원히 내 곁에 있을 것이므로. 나보다 먼저 죽지 마! 나는 명령했다. 그럴게! 하는 대답이 돌아왔다. 그러면 나머지는 상관없었다. 어느 날 갑자기 불이 꺼지고 다시 켜졌다. 나는 마치 다른 연극에서 다른 배역을 맡은 배우처럼 홀로 서 있다. 형기를 마쳐도 돌아갈 데가 없는 죄수, 그것이 내 역할이다. 산도 있고 강도 있지만 보이는 저 먼 데까지 차를 타고 달려도, 그곳이 내 감옥이다.

나는 슬픔

꽃이 자기를 향해 벌린 봄의 품속으로 들어가듯이, 나는 새끼 고양이처럼 타박타박 걸어 불안한 꿈속으로 미끄러진다. 아련한 기억과 잔뜩 배인 슬픔이 뒤섞여 몸을 떤다. 깊은 한숨을 내쉰다.

\#

도스토옙스키가 그랬대. 아름다움이 세상을 구원한다고. 나도 그 말을 믿어. 고통은 아무것도 구원하지 못해. 저 자신조차도. 마침 라캉을 인용한 글을 읽고 있었다던 네가 말했어. 아니라고. 고통이 세상을 구원한다고. 조난당한 자만이 길을 발견한다고. 나는 심하게 조난당했으므로 반드시 죽겠지만 그게 실패는 아니라고. 하루가 지났는데 너의 그 말이 다시 떠올라. 그럴까? 하지만 나는 여전히 아름다움이 세상을 구원한다고 믿어. 고통 뒤에 올 아름다움을 기다릴 수 있는 자만이, 그래서 지금부터 아름다울 수 있는 자만이 그럴 자격이 있을 거야. 내가 그럴 자신이 없는 거지.

#

유물론의 정점이 마르크스였다면 유심론의 정점이 칸트였어. 평생 독신으로 살면서, 자신이 태어난 지역에서 100마일도 벗어나지 않았던 이 사람이 알고 싶었던 게, 무엇이 옳음이고, 무엇이 옳음으로 가는 실천인지였으니. 때로는 많이 겪는다는 게 도움이 안 될 수도 있는 것 같아. 이 시간, 강릉 사문진 해변에서 바다로 향한 조형물이 보여. 전망대 같은 거. 풍경을 보라고 세워진 건데 주위가 다 어두워지니까 스스로 보이네. 자신이 풍경이 돼. 풍경은 바라보는 게 아니라 교감하는 거래. 어제와 오늘의 풍경이 다르고 너와 나의 풍경이 다르니까. 하지만 나는 교감하지 못하고 바라만 봤어. 내가 보고 싶은 대로. 내 풍경으로. 잃고 싶지 않았던 것들을 모두 잃을 때까지.

#

나는 연(kite)이고 너는 연줄을 쥔 사람이라고 했어. 나는 높게도 날고, 낮게도 날고, 오른쪽으로든 왼쪽으로든 어디로든 날아다녔지만, 늘 연줄을 쥐고 있는 너를 의식했어. 네가 연줄을 쥐고 있다는 사실에 안심하고 어디든 날아다닐 수 있었어. 안 보일 만큼 높이 날았을 때도 저 멀리 연줄이 끝나는 지점 어딘가에 네가 서 있을 거라고. 네가 날 바라보고 있을 거라고. 나는 너와 함께 있으므로 안전하고 행복하다고 생각했어. 너는 땅에 발을 붙인 인간이었지만 늘 나를 바라보며 상상의 나래를 폈어. 저 하늘과 저 하늘 너머 무지개까지 나의 손을 잡고 날아오를 수 있었어. 나의 눈을 통해 높은 곳에서 세상을 내려다볼 수 있었어. 날 수 있는 세상은 자유롭고 행복했어. 어느 날, 네가 마음을 다쳐 연줄을 놓아버린 날, 나는 한없이 추락했어. 수직으로 떨어지다, 수평으로 바람에 날리고, 원하지 않는 모든 곳으로 퍼덕이며 떠다녔어. 그래도 완전히 떨어지게 하지는 않을 거야. 연줄을 다시 잡을 거야. 아, 왜 이러지. 안 되는데. 곧 비가 오는데. 죽는데. 그래도 이상하게 나는 살아 있더라. 나는 이렇게도 살더라. 문득 내가 새(bird)로 변한 걸 알았어. 아니 원래부터 새였는데, 인간인 네가 좋아서 연줄을 내려 너의 연이 되었던 기억이 났어. 까마득한 옛날. 언제부터 우리는 그렇게 살았네.

꿈은 현실의 비약

1.

가게 밖으로 눈이 많이 내리고 있었다. 얼마나 졸다 깼을까, 옆에서 어머니도 이미 주무시고 계셨다. 시간을 보니 밤 11시 45분 정도다. 그만 가게 문을 닫을 생각으로 밖으로 나왔다. 눈이 아주 많이 내리고 있었다. 예쁜 그림엽서 속에 들어온 듯, 하얗게 내리는 눈 속에 서 있는데 세상이 오히려 소복하고 따뜻했다. 밤인데도 하나도 어둡지 않았다. 백야현상인가? 이곳은 진주다. 요의尿意를 느끼고 가게 담벼락에 대고 오줌을 누었다. 무슨 축제가 끝난 모양이지? 갑자기 사람들이 거리로 몰려나와 지나가고 있었다. 그리고 우리 가게로도 아이들 서너 명과 어른 한두 명이 들어왔다. 그중 어른 한 명이 저 축제와 관련된 무언가를 내게 물어왔고 나는 아마 순천 환경운동연합에서 하고 있을 거라고 대답해 줬다.

아이들이 가게에서 이것저것 사기 시작했다. 양주 한 병을 가리키며 얼마냐고 묻기에 50만 원이라고 했더니 얼른 샀다. 50만 원짜리 동전을 받았다. 잘못 팔았나 싶어 가격표를 보니 원래 70만 원짜리 술인데 53만 원 정도에 팔면 되게끔 할인해서 들여온 술이다. 오래된 재고품이고 양도 조금 부족해 보여 잘 팔았다 싶었다. 무슨 50만 원짜리 동전이 있나 싶어 다시 확인했더니 확실히 50만 원짜리 동전이 맞다. 가게에 들어온 사람들이 다른 것도 많이 사 갔다. 선물세트도 거의 다 나갔다. 돈 받기가 바쁘다. 어느새 내 양쪽 주머니에 동전과 지폐가 가득 차서 넘칠 지경이다. 어머니가 도와주러 나왔다. 돈을 받아서 내려놓고 물건도 챙겨주고. 새해 아침에 뭔가 좋은 꿈을 꾼 것 같다. 서설瑞雪. 오래된 재고를 팔아치운 것. 돈이 많이 들어온 것. 돌아가신 어머니의 조력助力. 모두가 좋은 느낌이다.

2.

추웠나 보다. 큰 배를 타고 항해를 하는데 비가 퍼붓고 바람이 불더니 집채만 한 물고기들, 선명한 날치와 다랑어들, 배보다 큰 고래가 하늘을 날아 저 빛나는 검푸른 바다 출렁이는 배 옆으로 떨어지고 세상에 이런 장관이 없더라. 잠시 후 또 흰 눈이 오더니, 선상에서 한 무리의 사람들이 횡으로 줄을 지어 눈썰매를 탄다. 이리도 많은 사람이 신나는 음악에 맞춰 폴카 춤을 추고, 새로 배에 오른 사람들은 한쪽에서 화투판을 벌이면서 술을 홀짝이고, 먼 길 떠나는 배 위에서 사람들은 다 행복하고 자유롭더라.

3.

눈이 그치고 동화같이 별이 빛나는 밤에 비도 함께 내렸다. 그 밤에, 비가 먼저 내리고 별이 빛났는지도 모른다. 하지만 거의 동시였다. 비는 차양에 가려서 발에 튀지 않고, 나는 이런 날은 막걸리를 먹어야 하는데 하고 생각했다. 비가 오고, 차양이 있고, 나는 뒤로 느긋하게 기대어 앉아 드디어 내가 그토록 원하던 행복이 찾아왔다고, 나는 지금 행복하다고 생각했다. 옆에는 막내 누나가, 또 그 옆에는 엄마가 나와 같은 자세로 기대어 별이 빛나는 밤, 내리는 비가 차양을 때리는 소리를 듣고 있었다. 나는 엄마가 살아 있는지 확인하려고 "엄마" 하고 불렀다. 엄마는 "그래, 내가 핀타(편하다)" 하며 희미하게 웃었다. 나는 감격에 겨워서 "우리 죽을 때까지 이렇게 같이 살자" 하고 외쳤다. 누나는 나를 곁눈질로 힐끔 보고는 눈시울을 붉혔다.

4.

소화가 잘 안 돼. 음식이 아니라 시간이. 그 속에서 내게 들어오는 삶의 재료들이. 사실 내가 바라는 건 그저 잘 지나가는 것. 다 잊고 잊히는 것. 조용히. 미소만 남는 것이다. 요가 한 지 일 년 됐는데 이제 힘에 부쳐서 못 하겠다. 억지로

해 보려니 다친다. 아직 그럴 나이는 아니지만 아무래도 노화가 빠른 것 같다. 꿈에 비행기를 놓쳤다. 조용필과 여수에서 중요한 약속이 있었는데. 전에는 자전거를 잃었다. 어디 놔두고 왔다가 다시 가보니 없다. 그전에는 졸면서 화물트럭을 몰았다. 천안까지 가야 했는데 깨보니 서울까지 왔다. 바로 전에는 자동차 사고가 나서 수리비를 많이 물었고. 이런. 어지러운 꿈이 계속 이어진다. 힘들어서 못 자겠다. 요가 하면서 다친 근육이 아프다. 하고 싶은 것을 하고 하기 싫은 것을 하지 않기. 남들도 그럴 뿐이라고 이해하기.

꿈은 현실의 비약이다. 이를 닦기 위해 화장실을 찾는다. 가까운 곳이 보이지 않는다. 저기 낯익은 사람들이 모인 곳으로 갔으나 돌아오는 길이 험난하다. 굴착기와 덤프트럭, 더운 김을 내며 왔다 갔다 하는 시커먼 기계 뭉치들 사이를 헤치고 움푹 파인 길을 건넜다. 이어서 낯선 길이 나왔다. 따라붙은 동료가 어느 길로 가야 하냐고 묻는다. 나도 모르는데. "저, 부천은 어느 방향으로 가요?" 행인한테 물은 길은 부천이다. 부천을 떠난 지가 언젠데. 부천 가는 길은 가설공사가 진행 중이다. 너덜너덜한 사다리를 딛고, 곧 끊어질 듯 위태롭게 매달린 가느다란 줄을 잡고, 하염없이 걷는다.

5.
어두운 밤, 나는 너무 졸리다, 일어나야 하는데 일어나야 한다는 생각만 간절할 뿐 몸을 움직일 수 없다, 잠에서 깨지 않는 것이다, 겨우 할 수 있는 것은 내 옆에 어머니가 있고 또 일행인지 가족인지 희미해서 분간되지 않는 다른 사람이 있다는 것을, 내가 인지하는 것이다, 나는 그들에게 도움을 청한다, 나를 좀 일으켜 줘, 나는 일어나야 하는데, 계속 이렇게 자면 안 되는데, 해야 할 일이 있어, 회사도 늦었고, 일으켜 달라고 외치지만 어머니와 그 사람은 듣지 못하고 자기 일만 한다, 가끔 이상한 느낌을 받았는지 내 쪽을 바라보기도 하지만 별일 없다는 듯 이내 고개를 돌린다, 나는 일어나야 하는데 일어나지 못한다, 누가 가게 문을 연다, 누구야, 거기 서, 암호는, 나는 벌떡 일어나서 이렇게 외쳐야 하는데 꼼짝 못 하고 누워 있다, 가게를 지나 안방으로 그가 들어왔다, 다행히 그는 내가 안심해도 될 만한 인물이었다, 엄마, 그렇게 가만히 있으면 어떡해, 들어오지 못하게 총으로 쏴야지, 쐈어, 하며 어머니는 빈 검지를 세 번 당기는 시늉을 한다, 어쨌든 어머니도 안심이고 나도 안심이고, 그런데 집 밖에서 나를 찾는 소리가 들린다, 두세 명이 함께 걷는 소리다, 박지호는 어디 갔어, 박지호는 어디 있는 거야, 아 이젠 정말 일어나야 해, 일어나야 한다고, 그들이 곧 집안으로 들이닥칠 거야, 일어나서 총을 겨누고 있어야 해, 하고 나는 생각한다, 하지만 동시에 나는 스스로 일어날 수 없음을 안다, 나를 좀 일으켜 줘, 나를 일으켜 달라고, 이젠 진짜, 아, 일어나야, 아, 일으켜, 아, 아, 소리를 지르다, 느낌에는 전광석화처럼, 마치 부적 떨어진 강시가 직각으로 일어나듯 벌떡 일어났다.

12시 20분이다. 안방이다. 나란히 옆에 놓인 라꾸라꾸 침대에 조가 누워 있다. 나는 디스크 환자다. 이렇게 일어나면 안 된다. 일어날 때는 옆으로 돌아 먼저 팔꿈치로 다음에는 손목으로 받치고 일어나야 한다. 누울 때도 순서를 반대로 그렇게 해야 한다. 나는 디스크 환자고 안방에 함부로 들어올 사람이 없다. 하지만 일어나고 싶을 때 일어나지지 않으면 나는 또 소리를 지르고 나는 또 몇 겹의 공간을 찢고 탈출해야 한다. 회색 짙은 하늘에 작은 꽃송이 같은 눈이 퍼덕인다. 나는 눈일 뿐 당신을 해치지 않아요, 하며.

6.

종일 잠을 잡니다. 먹는 것보다 자는 게 좋습니다. 아들 둘과 어머니가 옆방에서 두런두런 얘기를 나눕니다. 검은 개 두 마리와 검은 염소 한 마리가 다가와 내 팔과 다리를 먹습니다. '아, 나는 너무 싫은데. 저리 가. 저리 가!' 가끔 아들 한 명이 와서 검은 개를 데려가도 곧 다시 옵니다. 개는 살살 물어도 나는 무척 아픕니다. 이빨이 너무 날카롭고 거대합니다. 깨물지도 않고 내 목을 핥는 염소는 더 위협적입니다. "저리 가!" 견디지 못하고 비명을 지르자 어머니가 와서 나를 깨웁니다. 꿈이었구나. 다시 자는데 이번에는 하얀 개 한 마리가 다가와 내 얼굴을 먹습니다. "저리 가라고. 저리 가. 아악!" 비명을 지르니까 오빠, 오빠, 누가 또 깨웁니다. 꿈이었구나. 가쁜 숨을 몰아쉽니다. 산다는 건 너무나 힘든 일이라서 자도 자도 끝이 없습니다.

연결되어 있다

왜 이런 말을 하는가? 내 삶은 네 삶과 연결되어 있기 때문이다. 소극적으로 연결되어 있을 뿐 아니라 적극적으로 연결되어 있다. 내가 행복하기 위해서는 네가 행복해야 하고, 너의 행복을 위해서 내가 노력할 때 비로소 나도 행복할 수 있다. 나는 할 만큼 했고 아프니까, 나는 무고하니까, 이제 그만하고 나만 바라보겠다는 생각은 그래서 통하지 않는다. 도저히 남을 놔두고 나만 행복할 방법은 없는 것이다.

하지만 나 하나 추스르기 어려운 시기도 있다. 그 시기는 짧을 수도 있지만 길 수도 있다. 깊이가 얕을 수도 있지만 깊을 수도 있다. 이럴 때, 길고 깊은 밤에는 너와 내가 소극적으로 연결된다. 우리는 서로의 상처를 핥기에 바빠서 아무것도 보이지 않고 들리지 않는다. 자신과 운명을 뺀 나머지는 마치 다른 세상에 존재하는 것처럼 느껴진다. 어떤 충격이 와서 이 판을 깨뜨릴 수 있을까? 여기서 나와야 하는데? 아마도 많이 아파야 하리라. 눈물이 흐르고, 고이고, 다시 심장에 멍울이

맺혀 단단해질 때까지. 그러다 어느 날, 어떤 추상이나 우연을 희망의 끈으로 붙들고 보이지 않던 근거를 눈앞으로 끌어당긴다. 그러고는 살아내자고, 적극적으로 내 삶을 네 삶에까지 밀어붙인다. 간절히, 이 삶에서 승리하고 싶다고.

나무 평전

영산홍 한 그루가 예쁘게 꽃을 피웠다. 아직 작은 나무인데, 작고 낮은 가지마다 선명하게 붉은 꽃잎을 한 움큼씩 올려놨다. 옆에 있는 남천의 붉고 푸르고 노란 잎사귀와 잘 어울린다. 그 옆으로 체리나무는 내가 가지치기를 잘못하는 바람에 새총 모양으로 앙상한 겨울나무 형상을 하고 있다. 안쓰러운 마음에 가까이 보니 그래도 잘린 가지 몇 군데에서 새순이 피어나고 있다. 무성하던 가지가 다 잘려서, 음식물 쓰레기통에 날아든 산새들이 배식 순서를 기다리는 용도로나 쓰는 왕벚나무에도 다시 새순이 돋았다. 내가 자르지 않았으면 올해 제법 많은 벚꽃을 하얗게 피워냈을 나무다. 미안했는데 그래도 잘 살아 있다. 흰색이 좋아서 이번에 새로 심은 흰 철쭉 다섯 그루가 옆줄로 피어나면 더 예쁘겠다. 옆에 지팡이처럼 서 있는 대추나무도 분명히 잎을 피울 거다. 작년에는 몇 알 대추도 달았으니. 근처에 새로 사서 심은 붉은 장미와 노란 장미, 그리고 구절초 비슷하게 생긴 꽃이 자라고 있다. 하얀 꽃을 기대하고 심었더니 붉은 꽃을 피워내 놀라게 했던 붉은 목련 옆으로 다시 라일락 한 그루를 심었다. 며칠 안 됐는데 이 나무는 벌써 가지 끝에 몽글몽글 뭔가를 준비하는 눈치다. 개나리는 아직도 노란 꽃잎을 많이 달고 있다. 커피로 치자면, 노란 꽃잎과 녹색 잎사귀를 6대 4로 블렌딩한 모습이다. 얼마 전에 저 가지를 좀 꺾어다가 올라오는 길 옆으로 몇 군데 더 심어 놨다. 내년에는 그 길가로도 노란 꽃이 필까? 길가 초입에는 남들 눈에 막대기로만 보일 이팝나무가 그래도 자신의 굵기를 키워가고 있다. 나는 아직 살아 있어요, 하며. 마사토 밑에 콘크리트밖에 없을 열악한 화단에서도 명자나무가 빨간 꽃을 피워내고, 그 둘레로 석류나무가 여전히 가지를 뻗어낸다. 이쪽 수돗가에서, 뒤틀린 막대기에 불과했던 꾸지뽕나무가 제법 나무의 모양새를 갖춰간다. 뒤쪽으로, 어린 자두나무는 올해 벌써 그 시리도록 푸른 하얀색을 피워냈다. 옆의 가죽나무는 살았나? 죽었나? 하긴 풀인지 나무인지 구분도 안 되던 배롱나무도 '놔두니까' 작년에는 꽃을 피웠다. 내가 가지치기한다고 모조리 잘랐더니 다시 나무 젓가락이 되어 버티고 서 있지만 또 자랄 것이다. 또 있나? 저쪽 수돗가에, 평소 눈길 한번 못 받던 단풍나무가 거미들에게 거미줄 매장을 무상으로 임대하며 묵묵히 살아가고 있다.

호손Hawthorne의 〈데이비드 스완David Swan〉을 읽다가, 성실하고 조용했던 박헌영을 읽다가, 무료한 시간을 자칭 '오전

노동시간'이라 정하여 호미 하나 들고 나섰다가 이들을 만났다. '나무 평전'이라 이름 붙일까? 잘하고 싶었던 일들이 흔적도 없이 소멸해 가는 모습을 지켜보며, 아픔과 함께, 나도 그렇게 스러지기를 바라기도 했다. 이런 내 앞에서, 무심히 심었을 뿐 별 관심도 없던 나무들이 여전히 잘 자라고 있었다. 아, 너희들이 남는구나. 그러면 됐구나. 마치 내 흔적이라도 발견한 듯 신기하게 쳐다본다.

봄에 끝나는 이야기

제일 먼저 노란 꽃을 피웠다고 좋아하던 산수유입니다. 지금은 푸석하고 마른 가지. 아무도 따 가지 않은 빨간 열매를 매달고 있습니다. 이윤이 생길 때는 어서 오라 하더니 거추장스러워지면 해고당하는 노동자와 같은 이야기. 하지만 저는 봄에 시작해서 겨울에 끝나는 이야기가 아니라 여름에 시작해서 봄에 끝나는 이야기입니다. 거센 비바람과 어두운 겨울 나라를 지나야 꽃을 피웁니다. 제 이야기는 봄에 끝나요. 까꿍 까꿍 우리 아가. 똘망똘망하던 너로구나. 정붙이고 살다 보면 봄이 올까요.

단골 빵집

단골 빵집에 갔다. 오래전 베네치아 어느 호텔에서 내놓은 빵 냄새가 났다. 기억 속 최고의 빵은 언제나 그렇게 멀리 있다. 다시 찾을 수 없는 곳에. 다시 찾는다면 기억은 곧 죽을 것이다. 인간의 확신은 신화를 죽인다. 이 집도 맛있어. 아침에 갓 구운 빵과 진한 커피 중 뭐로 태어나고 싶냐고 너에게 물었다. 빵으로? 아니 커피? 아니면 '갓 구운'이나 '진한'으로 태어날까? 형용사로 말이야. 아니라고, 아침으로 태어나고 싶다고, 아침은 뭐든 다시 시작할 수 있다고 너는 대답했다.

달과 6펜스

. . . .

달과 6펜스는 생긴 게 비슷해서, 어떤 사람은 달을 좇았고 어떤 사람은 6펜스를 좇았다. 나는 6펜스가, 많으면 거추장스럽고 적으면 생존을 위협해 불안했으므로 관리가 필요했다. 안전한 범위에서 가볍게. 그것은 비단 돈뿐 아니라 인간관계나 자신의 성취, 명예, 하다못해 친구 수에 이르기까지 현실의 모든 문제였다.

6펜스를 그렇게 관리하고 나머지를 다해 달을 좇았다. 이를테면 나는 어려서부터 수업 시간에, 이해될 때까지만 칠판을 보고 이후에는 창밖을 보았다. 크게는 하늘을 보고 작게는 이름 모를 풀과 개미를 보았다. 더 자라서 그것은 사회주의로 바뀌었다.

이상이란 실현되지 않는 데 그 가치가 있다. 달이 그렇듯, 사회주의는 그쪽을 향해 걸어가는 것이지 도달해서 정착하는 것이 아니다. 어떤 상태가 아니라 지향과 실천이 사회주의다. 고정되어 있지 않다. 그러므로 이루지 못하였다는 말도 성립하지 않는다. 실패는 오직 지향을 잃어버렸을 때와 실천할 가망이 없을 때만 있다.

사실 나는 사랑이 어려웠다. 사랑은 달과 6펜스의 사이에 있었다.

환대 버스를 타고

-일곱째별(다큐멘터리·르포르타주·에세이 작가)

집에서 제빵을 해 도시락을 싸서 초고층 사무실로 출근하던 남자가 있었다. 이해하고 사랑하고 싶은 그는 억울하지 않은 죽음은 없다며 구석에 핀 꽃들의 이름을 부른다. 평생 한두 번 갈까 말까 한 유럽 배낭여행을 하면서도 일기를 쓰겠다고 사진기를 가져가지 않은 그는 수십 년 전 기억을 어제처럼 되짚는다. 그곳에서 느낀 가난과 차별과 계급에 대해. 그러곤 그 장대한 역사와 문화를 삶에 적용해서 어떻게 살 것인가를 고민한다. 책과 밥과 존중과 행복이 축사로 충분한 졸업식의 학부모였던 그는 공감과 배려를 이 시대의 생존법이라고 설파한다. 그런 그가 만난 적도 없는 이들을 자신이라고 했다. 그들이 사라질 때 자신도 잃었다고. 눈에 보이는 어떤 행위보다 보이지 않는 그 마음이 진정한 연대가 아닐까. 그는 단지 외침이 아니라 실질적 움직임이 운동이라며 자연과 자율을 바란다. 그리고 운동권의 허위를 날 세워 비판하면서 상대편의 인권도 보장하라고 한다.

그가 '갈라서고 갈라서고 온전히 자신의 본 모습으로 누구의 지지를 구할 일도 없이 이 이상 다치거나 상처받을 일도 없이 온전히 세상과 싸워나갈 수 있을 때 그때 만일 곁에서 같이 걷는 사람이 있다면 그게 희망이 아닐까'라고 생각하는 그걸 나는 사랑이라고 여긴다. 드물게 에어컨 무소유 하위 2%(퍼센트)에 피차 해당하기에 그런 걸까? 그 명칭이 무엇이든 그건 생각보다 더 멀리 있어서 좀처럼 얻기 힘들지만 그래서 더욱 간절히 원한다.

세월호 참사나 월성 핵발전소가 나오는 대목에서 그간 지나온 길에서 그를 본 적 있음을 기억해 보았다. 2025년 1월 25일 군산 하제마을 팽팽문화제에서 수익금 전액을 팔레스타인에 후원하겠다고 해서 망설임 없이 샀던 책 《연대와 환대》의 저자 박지호. 2024년 11월 27일 수요일 한국옵티칼하이테크 고공농성 325일째 '희망뚜벅이' 팔조령 휴게소에서부터 기쁨의 꽃동산까지 15km(킬로미터)를 걷고는 커다란 은행나무 아래에서 김진숙·박문진 등과 함께 찍은 열세 명의 단체

사진 맨 왼쪽에 알록달록한 바지를 입은 그가 있었다. 2021년 2월 김진숙 복직을 위한 희망뚜벅이 때도 그와 나는 서울 어딘가 같은 하늘 아래 있었을 것이다.

그렇게 틈틈이 연대하며 딱히 잘못하지 않았는데도 허탈한 마음은 소위 운동권입네 하고 사는 사람들 사이에서도 일어난다. 때가 되면 저절로 물러날 줄 아는 길고양이들이 저 아니면 안 된다고 권력을 탐하는 이들보다 낫다고 느낄 때가 가끔 있다. 대안이라는 이름을 붙인 것들도 결국은 권력 계급이 되는 걸 그들만의 리그에서 자주 보았다.

차라리 대놓고 하는 사랑 타령이 오히려 솔직한, 절단기보다 독했던 스물여섯 살의 그가 더 애잔하기에 영원히 자신 곁에 있을 단 한 가지가 그녀라면 사실 그의 세상은 몇 가지 부족한 게 있어도 살 만할 터. 그러나 인생이 그러하듯 갑자기 불이 꺼지고 다시 켜지면 원하든 원하지 않든 다른 무대에서 달라진 배역을 맡는다. 하지만 아무리 무대가 바뀌어도 꽃과 나무를 세밀하게 관찰하는 그의 여린 감성은 빵 냄새에서 멜랑콜리아를 느낀다.

이토록 절망적인 세상에서 가뜩이나 불안한데 불안버스를 타고 싶은 사람은 아무도 없다. 희망버스가 없는 희망도

억지로 생겨나게 했던 버스라면 시대가 불안할수록 그의 첫 책 제목처럼 연대와 환대를 계속 부추겨야 한다. 그러므로 삶을 살아낸 자의 무게로만 연대와 환대를 말할 수 있다는 그의 이 달콤쌉싸름한 글 모음이 연대 시민 불안버스가 아닌 환대 버스가 되길 바라며 무엇보다 그 버스의 앞자리 승객이 되어 기쁘다.

부록

점과 점이 만나고

선과 선으로 잇고

면과 면이 맞닿는

연루, 연결, 연대

평등·생태·평화를 향한 발걸음

- 평등: 평등한 세상 환대와 연대

- 생태: 네가 아프니 나도 아프다

- 평화: 인간의 존엄 인류의 평화

먼저 읽은 독자의 감상

- '눈물도 나고 웃음도 나는 멋진 글' 외

평등: 평등한 세상 환대와 연대

점과 점이 만나고·선과 선으로 잇고·면과 면이 맞닿는·연루, 연결, 연대

생태: 네가 아프니 나도 아프다

점과 점이 만나고·선과 선으로 잇고·면과 면이 맞닿는·연루, 연결, 연대

평화: 인간의 존엄 인류의 평화

연대 시민 불안버스 °° 부록

점과 점이 만나고·선과 선으로 잇고·면과 면이 맞닿는·연루, 연결, 연대

눈물도 나고 웃음도 나는 멋진 글

좀 늦었습니다. '피드백'을 요청하셨지만, 제 글솜씨도 일천한 와중에 좋은 점, 나쁜 점, 고칠 점, 유지할 점에 대해 말없을 거는 아니고, 읽으면서 들었던 생각들을 조금 적어 보냅니다.

'회색 인간으로 살아라'는, 간디학교 졸업 축사가 유난히 마음에 남습니다. '연대 시민'으로 불리고 지내면서 여기에도 저기에도 발 걸친 사람이라기보다 여기에도 저기에도 온전히 속하지 못한 사람이 아닌가 하는 고민이 늘 따라다녔거든요. 그러니까 온전히 몸과 마음을 바쳐 운동에 헌신할 자신도 없고, 깨끗하게 모른 체하고 현 체제에 복무할 자신도 없어서 어중간하게 서성거리게 되는 거 같아서. 모호하기 때문에 회색인 게 아니라 흰색도 검은색도 모두 분명히 쥐고 있기 때문에 회색인 사람으로, 살라고 저에게도 누군가 말해줬다면 좋았을 텐데, 저는 이제 막 사회로 나가는 사람은 아니지만 이제라도 이런 문장을 알았으니 더 많이 애쓰면서 살아봐야겠다는 생각이 듭니다.

일기, 메모, 쪽지, 콩트, 단상, 엽편… '짧은 글'을 뜻하는 몇 가지 단어들을 생각해 보는데 저는 어쩐지 '콩트'가 마음에 듭니다. 개인적으로 인생에 장르가 있다면 시트콤인 편이 제일 좋지 않을까, 하기도 하고. 코미디는 늘 휴머니즘과 연결되니까. 우리가 우리를 돌보며 다정하게 웃고 우리 편이 아닌 작자들을 보며 비웃음을 날리고. 콩트가 꼭 코미디만을 뜻하는 단어는 아니지만요. '트위터'도 생각납니다(지금은 이름이 바뀌어 버렸지만). 140글자로만 짧게, 새의 지저귐처럼. 쓰다 보니 졸업작품을 처음 준비할 때 지도교수님이 해주신 말씀도 생각납니다. 무조건 많이 만들고, 그 다음에 쳐내고 골라내는 거라고. 짧은 글을 쓴다는 건 길고 무거운 생각 가운데 뾰족하고 날카롭고 위트 있는 몇 가지 문장을 건져내어 내보이는 게 아닐까 생각합니다. 그러니까 긴 글보다 짧은 글이 쓰기는 어렵고 읽기는 좋겠구요.

구구절절 말이 길어지네요. 저는 짧은 글에 재주가 없나 봐요. 아무튼 저는 동지의 글이 좋습니다. 《연대와 환대》도

너무너무 반갑고 좋은 책이었거든요. 이 글이 책이 될 생각을 하니 벌써 기쁘네요! '연대 시민' 정체성을 가진 사람이 혁명과 사회주의에 대해 생각하며 쓴 글이라니 반갑지 않을 수 없지요. 눈물도 나고 웃음도 나는 멋진 글 전해주셔서 감사합니다. 조만간에 서점에서 동지의 책을 만날 수 있길 바랍니다. 이런 좋은 글이 책으로 묶이지 못하면 우리 사회에 크나큰 손실…이라고 출판사에 강력히 피력하고 싶은 마음입니다.

-박수연(말벌)

저는 그저께 밤에 읽었는데, 산문시와 아포리즘 사이 어딘가에 있는 책이 될 것 같다는 느낌이었습니다.

-박성훈(가수, 순천대학교 교수)

문장이 명징하면서도 담백해서 술술 읽힙니다. 술술 읽히지만 술술 넘겨선 안 될 글들인 것 같습니다. 짧다고 하나 그 짧음 속에 깊이 자리한 고통과 생각들이 때론 은은하게 때론 번쩍하고 어설픈 놈의 머리를 사정없이 치는 것 같습니다. 그리고 문장들 깊이 박힌 응축된 생각들이 그 어떤 문학 작품보다 뛰어난 거 같습니다. 혹시 시나 소설을 써보시는 건 어떤지 싶네요. 특히 '상심'은 한 편의 훌륭한 시 작품으로 저는

읽었습니다. 부디 이 좋은 글이 한 권의 책으로 엮여 더 많은
이들의 가슴을 울리고 함께 싸워나갈 수 있는 든든한 무기가
되길 기원합니다.

-신경현(시인)

재미있다. 두 번째 읽으니 더 좋았다. 언어가 아름다워 음
미하게 된다. 특히 '공감의 경로'와 '똥배', '펭귄당'이 좋았다.

-조지(영상활동가)

글이 시와 수필이 같이 있네요. 좋은데요. 아주.

-차헌호(노동자, '비정규직 이제그만' 공동소집권자)

연대 시민 불안버스

투쟁의 확장을 바라는 한 연대 시민의 정체성

2026년 3월 30일 1판 1쇄

지은이 박지호
편집 플레이오네 **디자인** 셀로판 강수정
종이 엔페이퍼 **인쇄와 제본** (주)상지사 P&B **배본사** (주)비상피앤엘

펴낸이 조혜원 **매니저** 이수현
펴낸 곳 도서출판 플레이아데스
출판등록 2024년 3월 7일 제2024-000001호
주소 (55662) 전북특별자치도 장수군 번암면 만항길 35
팩스 0504-315-7842 **메일** pleiadesbook@naver.com
블로그 blog.naver.com/pleiadesbook
@pleiadesbook

* 책값은 뒤표지에 표시되어 있습니다.
* 잘못된 책은 구입처에서 바꾸어 드립니다.
* 이 책은 저작권법에 따라 보호받는 저작물이므로 무단 전재, 무단 복제는
  법으로 금지되어 있습니다. 이 책의 전부 또는 일부를 쓰고자 할 때는 반드
  시 도서출판 플레이아데스와 저작권자의 서면 동의를 받아야 합니다.
* 이 책은 전라남도, (재)전라남도문화재단의 후원을 받아 발간되었습니다.

겨울 밤하늘 황소자리 위에 꽃다발처럼 반짝이는 성단, 플레이아데스.
도서출판 플레이아데스는 '스스로 빛나는 별처럼' 작은 것의 큰 가치를 담습니다.